아무도 하지 못한 말

최영미 산문집

아무도 하지 못한 말 "

해냄

그래도 봄은 온다
폐허에도 꽃은 핀다

목련이 왜 안 보이나 했더니 이제야 나타나시네. 하얀 마스크 숲에 가려 보이지 않던 봄꽃, 보이지 않는 바이러스와 싸우느라 성큼 다가온 봄을 보지 못했으니. "나는 코로나바이러스가 두렵지 않다. 사람들의 지나친 공포가 더 두렵다"라고 큰소리 쳤지만, 나도 코로나가 두렵다. 할말을 다하지 못하고 떠날까 봐. 시로는 못 담은 말, 소설로도 다 못한 이야기를 담는 그릇이 산문(散文)이다. 흩어진 문장. 마구마구 흩어진 문장들.

지난 사오 년간 여기저기에 기고한 글들과 SNS에 올린 글들을 모아, 책상에 앉아 쓴 글들과 침대에 누워 허공에 지껄인 문장들을 모아, 내 영혼의 물음표와 느낌표들을 모아 다시 책을 엮는다.

대체 얼마 만에 산문집을 내나? 확인하려 책장을 훑었다. 축구 산문집『공은 사람을 기다리지 않는다』이후 처음이니 거의 9년 만이다.

장편소설『청동정원』을 탈고한 뒤 한동안 글쓰기를 쉬다가, 2016년 봄에 동생의 권유로 SNS를 시작했다. 언니야말로 페이스북을 해야 한다고, 언니처럼 사람 만나지 않는 사람은 온라인으로라도 소통해야 한다는 닦달에 마지못해 페이스북과 블로그를 시작했다. 책상에 앉지 않아도, 노트북을 펼치지 않아도 언제 어디서든 손가락만 움직이면 쉽게 '글'이 된다는 게 좋았다. 맞춤법과 띄어쓰기가 틀려도 야단칠 사람 없고.

세상과 넓게 소통하고 크게 부딪쳤던 내 삶의 궤적이 여기에 있다. 저 이렇게 살았어요, 이게 나라고 들이대려니 조금 민망하다. 나의 가장 밑바닥, 뜨거운 분노와 슬픔, 출

렁이던 기쁨의 순간들을 기록한…… 시시하고 소소하나
무언가를 만들어냈던 시대의 일기로 읽히기 바란다.

2020년 3월 20일
최영미

* 신문 잡지 등 매체에 발표했던 글들은 물론 페이스북에 올렸던 글들
도 책으로 엮으며 문장을 다듬고 수정했음을 밝힙니다.

차례

| 작가의 말 |

그래도 봄은 온다 폐허에도 꽃은 핀다   5

1부   푸르고 푸른   11

2부   아름다움은 남는다   61

3부   시간이 새긴 흔적   123

,,

4부 조용히 희망하는 것들   161

5부 세상의 절반을 위하여   191

기고문·인용문 수록 지면   270

1부

푸르고 푸른

다시 시를 쓰며

물음표가 어디 있더라?

한글 자판에서 물음표의 위치를 못 찾고, 나는 허둥거렸다. 글을 팔아 먹고사는 전업 작가가 작업 도구인 글자판도 제대로 다루지 못하다니. 글쓰기가 그렇게 오랜만인가?

작년 여름에 아버지 장례식을 치르고, 장편소설 『청동정원』을 마무리했다. 고모와 사촌들에게 보낼 상속 포기 안내문을 작성한 뒤에도 나는 여러 번 노트북 뚜껑을 열고 닫았다. 이메일, 서면 인터뷰, 강의 자료들……. 물음표가 필요 없는 잡문이나 실용문에만 매달렸나. 그러고 보니 2014년 8월 말에 소설을 끝낸 뒤에 아홉 달이 지나도록 내 손은 창의적인 글은 한 줄도 쓰지 않았다.

물음표를 건드리지 않은 손가락을 의식하며 나는 알았

다. 문학의 본질은 '질문'이다. 내게 가장 어려운 질문은 '어디서'이다. 어디서 살 것인가? 언제쯤 내 집을 장만해 이 지긋지긋한 '어디서'에서 벗어날까.

오랜만에 마음의 뚜껑을 열고 시를 만들었다. '쓰다'가 아니라 '만들었다'라는 동사를 고르며 나는 별로 죄의식을 느끼지 않는다. 문학과 예술에 대한 나의 생각이 달라졌기 때문이다. 젊은 날, 나는 내 속에 고인 덩어리들을 터뜨리는 게 시라고 믿었다. 리얼리즘 계열이든 예술지상주의든 (내가 보기에) 억지로 짜내는 듯한, 인공적인 작품들을 경멸했었다.

첫 번째 시집 『서른, 잔치는 끝났다』에 실린 시들을 '날것'이라 평하는 평론가들을 나는 도저히 이해할 수 없었다. 날것 냄새가 나는 시가 더 좋은 작품 아닌가? 내가 명료하게 의식하지 않았지만, 자연스러움이 예술의 최고 경지라 믿던 그때도 나는 시어를 단련했다. 내가 발표한 시들 중에 퇴고하지 않은, 다듬지 않은 '날것'은 한 편도 없다. 다만 시의 중심이 되는 생각이나 느낌들은 다 내게서 비롯되었음을, 억지로 만든 이미지가 없음을 자랑했을 뿐이다. 젊은 날의 오만과 어리석음을 후회하는 요즘, 문학의 본질에 대한 나의 생각이 달라졌다. 올해 4월부터 관악구청 평생교육원에서 8주간 진행된 '시 창작교실' 강의를 준비하며 길가메시(Gilgamesh)를 발견했다.

"He who saw the Deep."

깊은 곳을 본 사람. 모든 왕들을 능가하는 왕을 묘사하는 첫 마디에 나는 압도당했다. 길가메시의 남다른 지혜를 표현하기 위해 바빌로니아의 시인은 '지혜로운'이라는 형용사를 동원하지 않았다. '깊은 곳을 본(who saw the Deep)'을 '전지전능한'이라고 번역한 한글 번역판을 어디선가 봤는데, 이는 한참 잘못 짚은 오역이다. 「길가메시 서사시」의 표준판이 기록된 그 옛날에는 '전지전능한'이라는 말이 존재하지 않았거나, 존재했더라도 널리 쓰이지 않았을 게다.

이미 존재하는 언어로, 존재하지 않는 무언가를 표현하려는 노력이 시였다.

이미 존재하는 언어(의 의미)를 확대하려는 노력, 일상의 언어를 뛰어넘으려는 욕망에서 시가 탄생했다. 「길가메시

서사시」가 퍼진 지역을 표시한 지도를 내 책상 위에 모셔 놓고, 사람들을 만날 때마다 내 입에서 '길가메시'가 쏟아 졌다. 4천 년 전 수메르인들이 점토판에 기록한, 현존하는 인류의 가장 오래된 문학 작품은 시였어! 영생을 꿈꾸며 세상 끝을 탐험하는 영웅에게 시두리(Siduri)는 충고했다. 불멸을 찾아 헤매지 말고 현재를 즐기라고.

네 배를 채워라,

즐겨라 낮에도 밤에도

춤추고 놀아라 낮에도 밤에도!

깨끗한 옷을 입고

네 머리를 씻고 물에 몸을 담가라

네 손을 잡은 아이를 바라보고

네 아내를 안고 또 안아 즐겁게 해줘라

그 무시무시한 단순함이 나를 쓰러뜨렸다. 길가메시를 조금 일찍 알았더라면 인생을 낭비하지 않았을 텐데……. 'He who saw the Deep'에 매혹된 봄이 지나고, 벌써 여름 이다. 꽃이 피는가 싶더니 어느새 지고, 이마에 와 닿는 볕

이 따갑다. 겨울의 끝에 내가 그토록 길가메시에 꽂힌 건, 아버지의 죽음 때문이리라. 내가 직면한 최초의 생생한 시신. 입관하며 맞닥뜨린 당신의 마지막 모습이 지워지지 않아, 자다가도 일어나 나는 외쳤다.

아버지 죄송해요! 용서하세요.

시와 이미지를 강의하는 시간이었다. 문자보다 강력한 이미지의 힘을 설명하며, 나는 아비의 해골을 수강생들에게 묘사했다. 청중들에게 아비의 죽음을 토하며 나는 울지 않았다. 죽음을 말하며 나는 죽음에서 벗어났다.

내가 대중을 상대로 일회성이 아닌 연속된 문학 강의를 한 것은 2015년 봄이 처음이었다. 관악구 지역 주민들의 소박한 삶이 묻어난 시들을 읽으며 때로 감동했다. 릴케가 말했듯이, 시는 감정이 아니라 생활이며 경험이다. 성실하게 살아온 사람이라면 누구든 자신의 인생을 재료로 시를 쓸 수 있다. 시는 머리와 가슴뿐 아니라 손끝에서도 뻗어나올 수 있다. 당신이 그것을, 바람처럼 잠깐 나타났다 사라지는 언어의 가지를 붙들 수만 있다면.

　시는 살아 있는 숨결이며 생명이기 때문에, 때를 놓치면 예전과 같은 모습으로 다시 나타나지는 않는다. 내게 왔던 시들, 내가 놓쳤던 순간들, 꿈처럼 왔다 가버린 사랑을 생각하며 나는 탄식한다. 인생은 지루하도록 길지만, 시처럼 아름다운 시간은 짧았다. 앞으로 내게 올 시들, 깊고 맑은 얼굴을 상상하며 나는 노트북을 닫는다. 봉천동의 2층 카페에서 자판을 두드리다 너를 보았다. 너, 푸르고 푸른 나뭇잎들. 내가 가고 난 뒤에도 그 자리에 있을 영원한 젊음이여.

　_2015. 07

페이스북이 좋은 이유

1. 밤늦게 야식을 먹고 그냥 눕기 불편할 때, 어떻게든 의자에 앉아 있게 해 위장이 편안해진다. 페이스북이 소화제보다 몸에 좋다!

2. 저녁 뉴스가 시작되기 2분 전, 7시 58분. 텔레비전에서는 광고가 흘러나오고 책을 읽거나 작업에 몰두하기에 너무 짧은 자투리 시간을 때우기 좋다.

3. 심심한 주말에 그렇고 그런 피투성이 범죄 드라마를 보느니, 괜히 밖에 나가 허튼돈을 쓰느니, 페북을 열고 슬렁슬렁 돌아다니며 세상 구경하는 재미. 아무것도 하지 않으면서 뭔가를 하고 있다는 착각에 불안이 달아난다.

4. 누군가와 내가 연결되어 있다는 느낌이 나쁘지 않다.

페이스북 3일째인 어느 시인의 소감입니다.

_2016. 03. 08

오사카, 친구

어제 오사카에 도착해 친구 A와 오랜만에 술을 마셨다. 이 나이에 편하게 마실 수 있는 여자 친구가 있다는 사실만으로도 행복한 하루였다. 나이 든다는 것. 한국에서 여자로 늙어간다는 것에 대해서 친구와 허물없이 수다 떨며 일본 소주와 따뜻한 정종을 나누는데, 식탁 위에 재떨이가 보이데요. 오사카에서는 실내 흡연을 허용하는 식당들이 있다는 사실에 놀라 몇 번이고 정말 피워도 되냐고 물어봤다.

언제 다시 또 보자 인사하며 헤어졌지만 앞으로 살아서 몇 번이나 친구를 더 볼 수 있을지⋯⋯.

_2016. 04. 17

후회

아침에 일어나 컴퓨터 열고 한국문학번역원 사이트에 들어가 발견한 쓸쓸한 사실. 번역 지원 대상 추천 도서 목록에 제 이름이 없네요. 웬만한 작가들은 서너 권의 책이 추천 대상에 올라와 있는데, 내가 펴낸 책이 한 권도 포함되지 않았다는 사실을 어떻게 받아들여야 할지.

이런 글을 SNS에 올리는 내가 싫지만. 한국문학번역원이 지정한 우수 문학 작품 601종에 한 작품도 안 꼽힐 만큼 내가 형편없는 작가인가. 아니면 어느 출판인의 말대로 '최영미는 문단의 왕따'인가. 그런 줄도 모르고 이십 년 넘게 글만 써온 내가 한심하다.

내 인생을 돌아보며 가장 후회스러운 일.

1. 시인이 된 것. 시는 취미로 쓰고 다른 직업을 가질 걸…….

2. 어린 나이에 저지른 결혼.

3. 멀쩡한 사람을 바보로 만드는 대학에 들어가 고생만 하고, 나온 뒤에도 떼어내지 못하는 S대 꼬리표. 징그럽다.

_2016. 04. 19

근로장려금

마포세무서로부터 근로장려금을 신청하라는 통보를 받았다. 네? 전화를 끊고 우편함을 여니 2015년도 귀속 근로장려금 신청 안내문이 보인다. 내가 연간 소득이 1,300만원 미만이고 무주택자이며 재산이 적어, 빈곤층에게 주는 생활 보조금 신청 대상이란다.

아…… 약간의 충격. 공돈이 생긴다니 반갑고, (베스트셀러 시인이라는 선입견 없이) 나를 차별하지 않는 세무서의 컴퓨터가 기특하다. 그런데 어쩌다 이 지경이 되었나.

ARS로 신청하니 귀하의 수령액은 59만 5천 원이라는데 심사를 거쳐야 실지급된다고. 매달이 아니라 일 년에 한 번만 나온다니 실망. 충격의 하루가 지나고 내가 아는 교수들에게 전화를 걸어, 시간 강의를 달라고 애원했다.

"시간 두 강좌만 해도 한 달 생활비가 돼요." 생활이 어려우니 도와달라 말하니 학위를 묻는다. 국문과 석사 학위도 없으면서 시 강의를 달라 떼쓰는 내가 한심했다.

오늘은 S 출판사에 전화해 2년 넘게 밀린 시집 인세 달라고, 그냥 말하면 접수하지 않을 것 같아 "저 근로장려금 대상자⋯⋯"를 들이대곤 웃었다. 밀린 인세 받는 데는 '근로장려금'만 한 협박이 없다! 3년 전에 발행한 책의 인세 89만 원이 그날로 지급되었으니⋯⋯. 고맙다 마포세무서 컴퓨터여.

_ 2016. 05. 16

심심풀이

친구의 게시물을 클릭해 '당신은 어느 도시에 살아야 합니까?' 테스트 해봤습니다.

비엔나에 살라고 하는데, 전 비엔나 별로거든요. 한번 가봤는데 제겐 너무 크고 웅장한 도시라 정이 안 들었거든요. 내 맘대로 되는 게 없네요. 다시 해봐야지.

_2016. 06. 06

은평구

오늘 오후에 은평문화예술회관에서 문학 콘서트에 참석했습니다. 비가 오는데도 은평구민들이 많이 참석하셔서 시와 음악이 비처럼 흐르는 즐거운 시간 보냈습니다. 저희 어머니가 지난주부터 병원에 입원하여 간병하느라 힘든 요즘, 간만에 근심 내려놓고 쉬는 시간이었지요.

제가 은평구 갈현동에 있는 선일여고 나왔거든요. 그리고 첫 시집 『서른, 잔치는 끝났다』를 발간할 때 제가 녹번동인가 불광동인가에서, 희한한 구조의 3층 건물에서 젊은 미술가들과 방을 나눠 살았답니다. 제 방은 반지하에 화장실도 공용이었지만, 저 거기서 보헤미안으로 살며 행복했습니다.

룸메이트인 젊은 화가 언니랑 밥도 같이 지어 먹고, 희희 낙락. 그런데 그녀가 요즘 어찌 지내는지? 궁금해지네요. 연락이 끊긴 지 오래, 세월이여.

_2016. 07. 01

ㅆ 받침

제가 최근 페이스북에 올린 글에 ㅆ 대신 ㅅ 받침이 많아 눈에 거슬린다는 메시지를 받았습니다. 일반인은 그렇게 많이 실수해도 되지만 작가는 그러면 안 되지요.

십여 년 전부터 손이 느려져 (shift 키와 동시에 ㅅ 누르기 힘들어) 자주 오타가 납니다. 신문사나 출판사에 보내는 글은 편집자가 고쳐주지만 페북은 편집자가 없어 고것 하나 아쉽네요. 정확한 거 좋아하는 제가 맞춤법 틀린 글 방치하자니 누구보다 제가 고통스럽습니다.

앞으로 과거형 받침 안 쓰게 현재와 미래형 이야기만 해야 하나. 한글 맞춤법이 소리 나는 대로 쓰게 바뀌면 얼마

나 좋을까요. 맞춤법 틀린 글을 너그러이 봐주시기 바랍
니다.

_ 2016. 07. 02

아이들 마음

내 생애 가장 진땀 나는 강의를 하러 갑니다. 인천의 어느 중학교에서 아이들을 상대로 '가족'이라는 주제로 특강합니다. 무슨 말을 하게 될지 저도 모릅니다. 공항철도 타는 지하 보도가 너무 기네요. 가족이라니. 저와 안 어울리는 주제를 중학생들에게 강의한 적이 없어 떨리네요.

교실 앞자리에는 여학생들이, 뒤에는 남자 아이들이 (남녀 유별하게) 사복 차림으로 앉아 있더군요. 가족을 그린 서양 미술 슬라이드 스물다섯 개를 1부에 준비했는데, 삼십 분이 지나자 슬라이드가 동나 뭔 이야길 해야 하나 고민하다, 저의 어린 시절을 이야기했습니다. 등굣길에 시 외우다 돌멩이에 걸려 넘어진 일도 말했던가? 돌아서니 다

까먹었네요.

 2부에선 청소년에게 읽힐 만한 시들을 들려주고 시 작법
을 약간 소개했는데 애들은 재미없어 하는 것 같았습니다.
마지막에 "자신의 상처를 사랑하자. 흉터가 있기에 내가
나다"로 마무리했습니다. 강의 마치고 옆방에 가서 가방을
챙기는데, 애들이 줄줄이 들어와 사인해 달라며 제게 종이
를 내밀었습니다. 혹 애들에게 (사인 받으라고) 옆구리를 찌
르셨냐고 선생님께 물었더니, 아니랍니다. 정말 알다가도
모를 아이들 마음입니다.

 _ 2016. 07. 15

페이스북 효과

약간의 부작용도 있었지만 페이스북 시작한 건 잘한 일 같습니다. 작년보다 원고 청탁과 강의 요청이 많이 들어와 살 만합니다. 강의료로 월세를 낼 수 있어 행복합니다. 페이스북 하라고 꼬드긴 동생, 근로장려금 받는 사실을 페북에 올리라고 격려해 준 B씨! 장려금 나온 걸로 내가 우아한 밥 살 테니, 신촌 사무실 나오는 날 내게 연락 주세요.

_2016. 09. 19

묵은쌀

작년 이맘때 지리산 자락 산청에서 문학 강연했어요. 강연이 끝나자 산청문학회 분들이 선물로 쌀을 주었답니다. 무공해 햅쌀 4킬로그램. 무거워서 직접 가져오지 못하고 택배로 받았지요.

그런데 저희 집엔 그때 묵은쌀이 10킬로그램 넘게 있었어요. 이걸 어떻게 나 혼자 다 먹나 싶어, 누굴 주고픈 마음도 있었지만 주변에 쌀 떨어진 사람이 없어서 제가 지난 1년간 부지런히 밥을 해 먹었답니다. 그래서 이제 드디어 다 먹었어요. 홀가분하네요 묵은쌀 없애서. 하지만 지겨워서 당분간 쌀을 살 것 같지는 않아요. 빵을 사 먹어야겠어요.

10월과 11월에 행사가 몰려, 다음 주부턴 일주일에 한 번 강연이 잡혔네요. 건강 관리 신경 쓰이지요. 일주일에 한 번 신문 연재도 써야 하고, 동생과 교대로 엄마에게 단백질 보충할 반찬 만들어 병원 가서 먹이고 씻기고 운동시키고 기저귀 갈아요. 그동안 글 쓴다고 어머니에게 소홀히 해, 저 때문에 병난 것 같아 늘 죄송한 마음이지요.

_ 2016. 10. 09

오래된 마루

이화여대에서 받은 호원당 한과 맛있게 먹고 있어요. 저녁에 야구 보면서 포장 뜯어 약과 먹고, 이따가 어머니에게도 한 팩 드리고, 내일 익산 가는 기차 안에서도 점심 대신 쌀 과자 냠냠할 겁니다.

이대 대학원 별관, 오래된 마루가 깔린 고풍스러운 건물에서 여성 최고 지도자 과정 원우들과 점심 도시락 먹고 칠십 분 강의했지요. 사춘기 소녀들처럼 반응이 뜨거워서 저도 놀랐답니다. 여자들만의 스스럼없는 분위기에 편안하게, 사포와 예이츠의 인생과 시를 이야기하고 제 시는 「과일가게에서」 한 편만 읽었어요. 제 시를 더 준비했는데 시간이 모자라서……. 늘 그래요. 정해진 시간 마치고도 재

있다며 더 해달라고 해서, 십 분쯤 모드 곤의 흥미진진한 생애를 전해주고 사진 찍고 아쉬운 작별 했습니다.

언제부턴가 철이 들면서 내가 왜 시인이 되었나? 뼈아픈 후회 했는데, 어제만큼은 보람을 느꼈어요. 내가 좋아하는 시를 읽으며 뜨거워지는 것, 그 뜨거움을 남들에게도 전파할 수 있다는 것.

_2016. 10. 14

화려한 스카프

이성을 가진 인간이여

술을 마시고 취해보라

인생의 묘미는 모르는 사이에 취하는 거다

다음 날 아침 두통 속에 잠이 깬다면

더 멋진 것을 가르쳐주마

(⋯⋯)

어제저녁에 '혁명의 시대를 살다 간 낭만주의자들' 강의 마치고 뒤풀이에서 낭송한 바이런의 시입니다. 제목은 기억나지 않아요. 옛날에, 제가 고등학교 1학년 무렵에 어디서 보고 일기장에 옮긴 시입니다.

강의가 잘된 것 같아 기분이 좋아서 마셨습니다. 처음에는 긴장하여 좀 헤맸어요. 언론계 간부들과 고위 공무원 그리고 국회의원도 참석한 자리라서 긴장한 게 아니라, 그날 제가 옷을 좀 과하게 입었거든요. 유럽 여행 중에 우연히 만난 독일 여배우 한나 쉬굴라가 선물한 커다란 자주색 스카프를 둘렀는데, 저도 좀 어색했어요.

페이스북에 제가 근로장려금 받는 사실을 공개한 이후 제게 일어난 변화 중에 하나— 제가 행사할 때 예전보다 옷을 차려입게 되더라구요. 남들이 가난하다고 무시할까봐. 그래서 화려한 스카프를 둘렀는데…… 어제는 어울리지 않게 좀 지나쳤습니다.

이런 일도 있었지요. 어떤 지자체가 주관하는 행사를 하기 전에 사람들과 미팅을 가졌는데, 미팅이 끝난 뒤 백화점에서 같이 밥을 먹었습니다. 식사를 마친 뒤에 그들은 주차장으로 가고, 저는 지하 1층 식품 매장에서 장을 보려고 하는데 일행 중에 한 명이 놀란 표정으로 저를 보더니 이런 말을 하는 거예요.

"아니, 기초생활 수급자가 백화점에서 장을 보세요?"

아— 그 순간 저는 제가 무슨 일을 저질렀는지 알았습니다.

저, 기초생활 수급자 아니라고 대꾸했지만 씁쓸했습니다. 그에게 근로장려금 수급자와 기초생활 수급자의 차이를 말해 주더라도 저보다 훨씬 부유한 그에겐 거기서 거기일 터인데, 흥분한 제가 한심하지요.

가난한 사람은 백화점에 가면 안 되나요?

아무튼 대한민국의 보통(?) 사람들이 어떤 생각을 하고 사는지 알게 되었고, 저도 그다음부터는 모르는 사람 만나거나 강의 나갈 때 일부러 차려입고, 하기 싫은 화장도 조금 합니다. 어차피 옷장 안에서 썩을 옷들, 자주 꺼내 입어주지요 뭐. 언젠가 주인이 사라지면 아무도 거들떠보지 않을 원피스며 스카프인데 뭐가 아깝겠어요.

　_2016. 10. 19

공범들

그녀의 트라우마는 이해되나, 공과 사도 구별하지 못하는 사람이 공직을 맡을 자격이 있나?

국가를 수호하고 국민을 보호해야 할 국가 원수가 앞장서서 헌법 질서를 유린했다. 그것도 한 번이 아니라 수시로…….

건국 이래 최대의 수치. 그녀가 국가에 봉사하는 마지막 길은 권좌에서 내려와 수사에 협조하는 것이다.

그 많은 보좌관, 무슨 무슨 수석들, 비서들…….

우리가 낸 피 같은 세금을 빨아먹고 무얼 했나.

그들이 정말 몰랐다면 직무 유기이고,

알고도 묵인하거나 방조했다면 공범들이다.

_2016. 11. 01

역사의 증인

연세대 앞에서 버스를 타고 경복궁역 앞에 내렸습니다. 경찰 버스들이 광화문 광장으로 통하는 길을 막기 전에, 뛰어가 집회 장소에 도착했습니다. 광화문 앞에 경찰 버스로 차벽을 두르고 그 뒤로 높은 벽을 쌓아놓았지요.

교보문고 근처에서 서서 집회를 구경하다 일산에서 왔다는 고등학생들을 만났습니다. 남학생 둘이었는데요. 그 애들에게 "여기 왜 왔니?" 물어보니 "역사의 증인이 되고 싶어서요"라고 대답하더군요. 기특하지요.

30년 전의 6월 항쟁 생각도 나고— 그때는 젊은 혈기에 배고픈 줄도 모르고 밤늦게까지 거리를 행진했는데 지금은 체력이 달리네요. 만감이 교차하는 하루였습니다.

_2016. 11. 05

블랙리스트에 내 이름이 없는 이유

문화체육관광부에서 작성했다는 문화 예술인 블랙리스트에 내 이름이 없네요. 저는 여기서도 왕따네요.

문단 시국 선언에 제 이름이 없는 것은 딴생각을 해서가 아니라, 한국작가회의 주소록에 제 이름이 올라가 있지 않아서입니다. 작가회의 회비 내기 싫어서, 우편물 받아 보기 귀찮아서, 그리고 해마다 주소록에 제 연락처가 공개되는 게 싫어서 20여 년 전 작가회의에 탈퇴 의사를 밝혔지요.

공식적인 탈퇴 처리가 됐는지 안 됐는지 확인하지 않았지만, 아무튼 저에게 그 뒤로 우편물이 오지 않았지요. 그래서 시국 선언에 제 이름이 올라가지 않은 건데, 혹시 오해하시는 분이 있을까 봐 밝힙니다.

_2016. 11. 08

대박 나세요!

제가 춘천에 살 때 자주 가던 식당이 있었습니다. 퇴계동에 있는 고깃집이었는데 1인분으로 뚝배기불고기를 팔아 고기가 먹고 싶을 땐 거기 들렀지요. 어느 날 식당에 가서 주위를 두리번거리는데 벽에 박근혜의 사인이 보였어요. (그때는 대통령이 아니라 대통령 후보였지요.)

새해에 대박 나세요!

좀 이상하다. 대통령 후보가 저런 비속한 표현을 쓰다니. 약간 충격을 받았습니다. 제가 글쟁이라서 언어에 민감하거든요. 저 같으면 결코 쓰지 않을 점잖지 않은 말이지만. 일반 대중에게는 그게 먹힐 수도 있다고 생각했지요. 아,

저러니까 그녀가 선거 때마다 이기나 보다.

순실이 박근혜 게이트가 터지고 나서 제 머리에 제일 먼저 떠오른 장면은 바로 그 식당, "대박 나세요"가 큼지막하게 붙어 있던 게시판이었습니다.

식당 주인과 종업원들에게 돈 많이 벌라고 벽에 휘갈긴 '대박'은 그리 어색하지 않지만, "통일 대박"은 별로네요. 민족의 염원인 '통일'과 격이 맞지 않는 단어이지요. 순실이 일당이 통일이 되면 대박 사기 칠 작정이었나, 소름 돋네요.

_2016. 11. 14

지옥으로 가는 길

중국 청도에서 방금 귀국했습니다. 피곤하지 않으면 촛불 집회 참석하려고 오전에 예정된 청도 관광 포기하고 12시 출발 비행기로 돌아왔는데, 피곤해서 쉬어야겠어요. 제 친구가 보낸 문자를 소개합니다.

박근혜는 선의로 했다고 하지만, 단테의 『신곡』에 이런 말이 있답니다.

"지옥으로 가는 길은 선의로 가득하다."

첫 중국 여행이었는데 구경 많이 못 해 아쉽네요. 국립 창원대와 칭다오 농업대가 공동으로 설립한 한·중 최고 경영자 과정에서 어제 '혁명과 예술'을 강의했습니다. 여성 분들은 호응이 있었지만 남성들은 재미없어 하더군요. 그리 성공적인 수업은 아니었습니다. 반성하고 있습니다. 저는 맞춤형 강의는 못해서 스타 강사가 결코 못 되요.

_2016. 11. 19

커피

    오후에 은평구의 도서관에서 강의하기 십 분 전쯤, 어느 여성분이 제 책상에 따뜻한 커피를 놓아주셨어요.

    "저, 커피 안 먹는데요. 불면증이 있어서 카페인 들어가지 않은 음료만 마셔요."

    저도 당황하고 그녀도 당황했죠.

    "선생님 시에 '커피를 끓어 넘치게 하고……' 있잖아요. 그래서 커피 좋아하시는 줄 알았어요. 그럼 페이스북에 (커피 마시지 않는다고) 글 올리세요."

    잠깐 딴 일을 하다가 책상을 보니, 또 음료가 놓여 있었어요. 궁금해하는데 아까의 그분이 이렇게 말하데요.

    "그건 블루베리 주스예요. 목 아프신데 따뜻한 주스로 목 축이시라고."

그 잠깐 사이에 밖으로 나가 주스를 사오다니. 그녀가
날 위해 사온 게 하나 더 있는데, 그건 여기서 말 못 해요.
어른들만 먹는 과자라, 몸에 해로운…….

_2016. 11. 22

선물

　은평구 증산정보도서관에서 4주간 진행된 문학 강의를 어제 마쳤습니다. 뒤풀이 자리에서 여러분이 격려 말씀 해 주시고, 제 두 팔로 다 들 수 없을 만큼 많은 선물을 받았습니다. 10년은 쓸 모나미 볼펜, 핸드크림, 비누, 빵, 카페인 없는 커피 그리고 멸치볶음과 오이선 반찬까지.

　빵과 케이크는 제가 다 못 먹어서 집에 오는 길에 어머니가 계신 병원에 들러 간호사와 입소 어르신들에게 나눠 드렸는데, 마치 파티하는 분위기였습니다. 오이선 반찬은 어제 저녁에 라면과 먹고, 오늘 점심에도 밥과 함께 맛있게 먹었습니다. 오늘은 동생이 어머니 당번이라 집에서 쉬고 있습니다. 꿀맛 같은 휴식이네요. 지난주부터 정말 바빴습니다.

무주에서 신협중앙회 강의 마치고 대전역까지 신협에서 차를 제공해 편안히 왔습니다. 그렇지 않았다면 피곤해서 다음 날 토요일의 광화문 집회에 참석 못 했을 거예요. 토요일 밤 12시에 귀가해 자고, 다음 날 오후 2시 반까지《동아일보》에 넘길 집회 참관기 쓰느라 점심도 거르고 강행군. 크게 아프지 않고 내 몸이 견디는 걸 보니, 아직 건강한 듯해 다행.

오늘 저녁엔 청운문학도서관에서 서정시 강의해요. 정치는 정치인들에게 맡기고 이제 좀 쉬고 싶은데 어제 저녁 뉴스 본 뒤 혼란스럽습니다. 또 광화문에 나가야 하나. 강의 마치고 친구들과 시국 토론하려구요.

_2016. 11. 30

탄핵하세요

흔들리지 말고 탄핵하세요.

왜 이 나라의 운명을, 나라 걱정은 거의 하지 않는 새누리당 의원들에게 맡겨야 하나. 왜 박통의 애매한 한마디에 휘둘려야 하나. 만약 국회에서 탄핵이 통과되지 않더라도 우리의, 국민의 패배는 아닙니다.

지난 한 달 넘게 국민들의 눈물겨운 투쟁으로 여기까지 왔습니다. 지팡이를 든 노인들과 어린아이들까지 광장에 나왔습니다. 이미 우리는 저 깨지지 않을 것 같던 박정희 신화를 벗겼고, 대한민국 재벌들의 부끄러운 민낯을 드러냈으며, 도도한 국민의 힘을 확인했습니다. 두려워하지 말고 탄핵하세요.

저는 다만 거리에서 민주주의를 높이 외쳤던 청소년들이 젊은 날의 저처럼, 좌절감과 배반감을 느낄까 봐 걱정입니다. 야권의 분열로 노태우가 대통령에 당선되어 웃는 모습을 봐야 했던 87년 대통령 선거 직후에 제가 그랬듯이……

지금 생각해 보니, 저의 첫 시집 『서른, 잔치는 끝났다』의 밑바닥에 깔려 있는 정서는 바로 그 배반감과 환멸이었습니다. 그로부터 30년이 지나 촛불의 힘으로 저는 다시 희망을 품게 되었습니다. 지겹도록 변하지 않던 대한민국이 변하고 있습니다. 우리 모두 다시 태어나도록 힘을 모아주시기 바랍니다.

_2016. 12. 01

지혜를 모아야 할 때

긴장이 풀려서인지 드디어 감기 걸렸네요. 덕분에 집에서 쉬고 있습니다. 쌀 씻어서 안치고 세탁기 돌리고⋯⋯. 이게 저의 한가한 시간이지요.

지난 몇 주간, 11월부터 정말 정신없이 보냈지요. 탄핵 통과를 숨죽이고 지켜본 뒤에 박수 치고 여러 가지 생각이 들어왔다 나갔습니다. 이제 정치권에서 지혜를 모아야 할 때이지요.

지난 토요일에 오래간만에 방에 물걸레질하면서 흐뭇했습니다. 촛불집회 나가고 멀리 강의 다니느라 11월에는 수영장도 못 가고, 진공청소기만 일주일에 한 번 돌렸을 뿐

방바닥을 걸레로 닦아주지도 못했거든요. 어제 신문사에 연재 원고 넘기고 나서 완전히 맥이 빠져서 지금은 누워 있어요.

_2016. 12. 12

겨울 외출

제가 푸른역사아카데미에서 '세계의 명시' 강의합니다. 경복궁역에서 걸어서 5분 거리의 아담한 건물 3층인데, 1층에 초콜릿 카페 있어요. 주위에 카페 많고 슬슬 걷기 좋은 곳입니다. 사포에서부터 에즈라 파운드까지, 원어민의 시 낭송도 감상할 겁니다. 추운 겨울에 외출할 핑곗거리 생겨 좋네요.

중학생 교복을 입고, 아침부터 도시락 싸들고 들어가 어두워질 때까지 시와 소설을 읽던 곳, 사직도서관 맞은편이라 감회가 깊네요. 강의하며 어릴 적 추억이 마구 튀어나올까 봐 걱정입니다.

_2016. 12. 14

2부

아름다움은 남는다

촛불

병실에 앉아 텔레비전 뉴스를 보다 박근혜 대통령의 모습이 비치자 어머니가 말씀하셨다. "쟤는 얼굴이 멀쩡하네. 아무렇지도 않네."

나라를 쑥대밭으로 만들어놓고 대통령의 안색이 저렇게 좋으냐는 당신의 한탄이셨다.

역시 우리 엄마는 언제나 핵심을 찌르셔. 감탄하며 내 머리에 또 다른 얼굴들이 스쳐 지나갔다. 비상시국회의에 참석한 야권 지도자들의 웃는 얼굴. '비상시국'과 어울리지 않는 그들의 환한 미소가 눈에 거슬렸다. 국민들은 속이 타들어가는데……. 나라를 걱정하는 게 직업이어야 할 정치인들은— 대통령은 자기만 살 궁리나 하고 국회의원들은 우왕좌왕 국민들 눈치만 보며 계산기를 두드린다.

집회에 나가기 며칠 전에 겨울 코트를 들고 의류 수선실에 갔다.

"아저씨— 이거 입고 촛불집회 나갈 거니까, 단추 튼튼하게 달아주세요." 내 입에서 촛불이란 말이 떨어지자마자 아저씨가 날 물끄러미 보더니 다른 일감을 제치고 내 옷을 잡았다. '촛불' 덕분에 오래 기다리지 않고 5분 만에 수선이 끝난 코트는 어찌나 단추를 단단히 박았는지 십 년이 지나도 안 떨어질 것 같다.

비가 오지 않기를 빌었다. 비가 오더라도 젖을 만큼 쏟아지지 않기를 빌었다. 토요일 오후 1시, 어머니를 씻기고 운동시킨 뒤에 요양병원을 나오니 비와 눈이 거세게 흩날렸다. 그래, 쏟아져도 지금 다 쏟아져라. 집회가 열리는 저녁엔 하늘이 뽀송뽀송하기를 빌면서 근처의 식당에 들어가 청국장에 밥을 비벼 먹었다. 추위를 이기려면 든든히 먹어야지.

집에서 좀 누워 있다 택시를 타고 서대문역에 내렸다. 허겁지겁 걸어서 친구들과 약속한 서울역사박물관에 도착하니 오후 4시 50분. 차를 마시고 일어나 광화문으로 걸어갔다. 핫팩을 나눠주는 아주머니를 나는 그냥 지나쳤다. 털모자를 쓰고 가죽 장갑에 위아래 내복을 입어 한기가 느껴지지 않았다. 인파에 파묻혀 걷는데 촛불을 파는 노점상 앞에 긴 줄이 보였다. 그냥 촛불은 천 원, LED 촛불은 이천 원이었다. 더 비싸도 살 텐데, 바가지를 씌우지 않고 적정한 가격을 제시하는 양심적인 상혼이 고마웠다. 바람이 불면 촛불은 꺼진다는 망언을 한 국회의원 아무개를 욕하며 LED 촛불 세 개를 샀다.

"(전등의) 위를 누르면 꺼져요"라는 노점상 아저씨의 설명을 듣고 종이컵 바닥에 전등을 끼워 넣는데, 잘 들어가지 않아 옆에 선 친구가 도와주었다. 연세가 지긋한 어르신들, 아이들을 셋이나 데리고 나와 손에 손을 잡은 가족도 보였다. 앞으로 뛰쳐나가려는 딸애에게 "오늘은 엄마 손을 꼭 잡아야 해"라고 말하는 소리가 귀에 들렸다. 이 추운 날에 어린아이들을 데리고 나온 부모들의 용기가 가상했다.

이미 사람들의 장벽에 가로막혀 우리 일행은 무대가 펼쳐지는 중앙으로 진출하지 못하고, 귀를 무대를 향해 열어

두고 섰다 걸었다 반복하며 바깥을 맴돌았다. 광장의 가장 자리엔 유모차를 끌고 나온 부모들이 진을 치고 있었다. 밖은 시끌시끌한데 유모차 안에서 고이 자는 아이들의 얼굴은 한 편의 시처럼 아름다웠다. 잃어버린 아이를 찾았다는 안내방송이 나오자 사람들 사이에 기쁨의 함성이 퍼졌다.

어디선가 "영미 누나!" 소리가 들려 앞을 보니 이게 대체 몇십 년 만인가. 어느 정치인을 보좌한다는 대학 후배를 만나 잠깐 인사를 나누었다. 안치환의 흥겨운 노래에 맞춰 춤을 추는 젊은이들에 섞여 나도 몸을 흔들었다. 토요일 저녁, 광화문은 해방구였다.

사람들의 열기로 가득한 광장은 춥지 않았다. 도도한 불빛 속에 나도 촛불을 들었다. 어둠은 빛을 이길 수 없다고 믿지는 않지만, 어둠이 빛을 이기게 내버려두고 싶지는 않아서. 젊은 날에, 87년 유월의 그 뜨겁던 거리에서도 부끄러워 외치기를 주저했던 구호를 내가 먼저 선창했다. 박근혜를 구속하라!

그날 처음 만나 '광장고등학교' 동문이 되기로 약조한 우리는 8시의 소등 행사를 마치고 행진을 할래 말래 설왕

설래하다, 중년의 건강을 생각해 발길을 돌렸다. 그냥 헤어
지기 섭섭해, 전철을 타고 홍대입구역에서 내려 술을 마시
며 시국을 논했다.

잠룡이란 말, 맘에 안 들어. 제왕적 대통령을 만든 일등
공신은 이 나라 언론이 아닌가. 1년에 절반은 차기 대권 주
자의 지지도를 싣는 신문과 방송들. 반성해야 해. 제왕에
만 관심을 두는 언론이 제왕적 대통령을 만들었어. 이번에
도 죽 쒀서 개 주지 않으려면 어떻게 해야 하지? 지금 누가
답을 갖고 있겠어.

전직 국회의원과 한국노총의 연구원과 시인이 함께한
술자리가 끝난 뒤, 홍대의 그 수상한 거리에서 술김에 우
리는 또 외쳤다. 박근혜를 구속하라!

_2016. 11. 28

법은 법조문에만 있지 않다

새해에 모두 떡국 드셨나요. 저는 글 쓰느라 떡국은커녕 밥도 제때 못 챙겨 먹었습니다. 작년에 신문에 연재하고 페북에도 일부 올린 세계의 명시 감상을 정리해 출판사에 보냈습니다. 곧 책으로 묶여 나올 거예요.

그리고 또 하나 기분 좋은 소식 전합니다.

얼마 전에 고려대 언론대학원 언론 AMP 과정 종강 파티에 갔는데 (가을에 문학 강의 맡은 인연으로 강사인 저도 초대받았습니다), 46기 원우인 국회의원들의 간단한 국정 보고가 있었지요. 탄핵소추위원인 K 의원으로부터 '헌법재판소에서 탄핵이 인용될 확률이 90퍼센트가 넘고, 3월 13일 전에 인용될 확률 역시 90퍼센트'라는 말을 들었습니다.

당연한 결론이지만, 탄핵소추위원의 발언이니 더 무게가 실리데요. 그런데 3월이면 너무 늦어요. 1월 말 2월 초에 결정하면 안 되나요. 재판관들 똑똑하고 성실한 사람들 아닌가요.

법은 법조문에만 있지 않다.
국민들 마음이 법이다.

혼자만의 방에 갇혀 글을 파먹으며 살던 제가 '죽을 때까지 만나자'며 고―고―고를 외치는 이들과 술잔을 마주쳤으니, 오래 살고 볼 일이지요. 뒤늦게 페이스북을 시작한 뒤 제게 혁명과도 같은 변화가 일어났습니다.

여럿이 모인 자리에서도 크게 어색해하지 않는 저를 발견하고 저도 놀라워요! 친구의 뜻을 좁게 한정하고 사람 만나기 꺼려하던 과거를 요즘 반성하고 있답니다. 가까운 친구가 어려울 때 등을 돌리거나, 친구라고 여기지 않던 이로부터 뜻밖의 도움을 받을 때가 있지 않나요.

_2017. 01. 01

푸른 뒤풀이

제가 오늘까지 살아 있길 잘했다는 생각이 드네요. 어젯 밤에 푸른역사아카데미 마지막 강의 마치고 그 자리에서 간단한 뒤풀이를 했습니다. 김 간사께서 음료를 준비해 놓으셨고, 제 친구들이 과자 사오고 어떤 남성분이 와인을 두 병이나 갖고 오셔서 제법 푸짐한 파티가 됐습니다.

간단한 자기소개를 했는데, 20대의 귀여운 팬에서부터 30대 40대의 직장인들, 제 나이 또래의 중년에 이르기까지 다양한 분들이 강의를 들으셨네요. 광고업계에 종사하는 분들이 많아 특이했습니다.

이렇게 시를 사랑하는 사람들이 있었나, 새삼 놀랐습니다. 저는 밥벌이로 시를 강의하지만, 사실 시를 놓아버린 지 오래됐는데……. 나처럼 시를 안 읽는 시인도 드물 텐데. 일

년에 한두 번 청탁이 오면 간신히 시 하나 짜내는데…….

저의 오랜 친구들도 자리를 함께했는데, 고등학교 동창이 소산당에서 만든 예쁜 동전 지갑을 수강생 여러분에게 나눠 주었어요. 제가 부탁하지도 않았는데, 번번이 받기만 하니 고맙다 친구들. 허리도 아픈데 무거운 과자 상자 나르느라 고생했어. 유리잔 속에 노을을 노래한 친구의 시, 그리고 이름은 기억 못 하나 (죄송!) 다른 여성분의 자작시 낭송도 참 좋았구요. 밤늦게 혼자 올 부인이 걱정되어 데리러 온 남편분이 노래도 한 곡 불러서 분위기가 달아올랐지요.

뒤풀이에 참석하지 못해 아쉽다며 제게 편지를 건네고, 쌍화차 봉지를, 손뜨개 가방을 선물로 주신 분들.

어젯밤 몹시 추웠는데 모두 편안히 집에 들어가셨는지요. 저는 밤 12시쯤 들어와서 멸치고추조림에 김을 싸서 밥을 반 공기 먹고 그래도 배가 차지 않아 컵라면 끓여 먹고 잠자리에 들었습니다.

_2017. 01. 24

사람을 찾습니다

한국은행 제주 본부의 한은 강좌에 초대받았는데, 가는 김에 사람을 찾고 싶습니다.

젊은 날 제주에서 한두 달 산 적이 있어요. 1983년인가 1984년 봄에 제주시 번화가 뒷골목에 '수눌음 다방'이라는 클래식 음악 다방이 있었습니다. 나중에 이름이 '동인 다방'으로 바뀌었다는데 (동인 다방이 수눌음으로 개칭했을 수도 있습니다. 오래전 일이라……) 제가 거기서 한 달가량 종업원으로 일했습니다. 스물둘, 세상 물정 모르던 시절이었지요.

1981년 학내 시위로 무기정학을 받고 전국을 떠돌았습니다. 돈 떨어지면 지방 도시의 제과점이나 카페에서 일하며 여행 경비 조달했지요. 제주에서 방황을 끝내고 서울로 돌아와 복학했는데, 주인 언니에게 말하지도 않고 급하게 떠나며 제주에서 김포까지 가는 비행기표 값이 없어 카운터의 돈을 훔쳤습니다.

당시엔 제가 그동안 (한 달에서 며칠 모자랐어요) 일한 노동의 대가가 몇만 원은 될 터이니, 별로 미안하지 않았는데, 나중에 생각하니 미안하데요. 그 언니가 제게 아주 잘해주었거든요. 제가 미리 말하지 않고 사라져 갑자기 사람 구하느라 애먹었을 거예요. 주인 언니 만나서, 그때 일 사과하고 돈도 갚고 싶어요.

언니 이름은 잊었고, 나이도 확실히 몰라요. 언니 집이 함덕 근처였던 건 확실해요. 거기서 하루 자며 놀았거든요. 아침상에 나온 물회를 처음 먹어봤는데, 고소하고 상큼했어요. 뭐 이런 음식이 다 있나? 신기했지요. 언니가 저보다 대여섯 살은 많았으니 지금은 어머나, 환갑이 되었겠네요. 주인 언니에게 제주대학교 연극반 출신 남동생이 있었습니다. 제주대 연극반 이름이 수눌음이라 다방 이름을 그리 정했다고 들은 것 같습니다.

　이런 사연, 페북으로 알려지면 그 언니가 혹 저를 찾아
올까요? 기대해 봅니다.

_2017. 02. 06

찾았어요!

페북 친구 여러분 덕분에 제주의 언니 찾았어요!

방금 그 옛날 수눌음 다방 언니랑 전화 통화했답니다. 언니도 저를 기억하고 계셨고, 저보고 그때 일 기억해 줘서 고맙다 하네요. 페북 친구인 백 선생님이 주신 번호가 통했습니다. 백 선생님, 그리고 일부러 시간 내어 알아봐주신 모든 분들께 감사드려요. SNS의 위력을 실감했습니다.

사실 확인: 언니가 80년대 수눌음 다방 주인이 아니라 남동생이 주인이었대요. 저와 나이 차이도 많지 않아, 아직 쉰아홉이세요.

그해 봄. 제주에서 보낸 한 달이 저의 20대 가장 즐거운 날들이었습니다. 그때는 몰랐지만 돌이켜보니…… 암울했던 80년대에 제게 빛나는 추억을 선사해 주신 언니. 고마워요. 얼마나 변했을까……. 우리가 서로를 알아볼 수 있을까요?

_2017. 02. 07

흉터와 무늬

2005년에 출판되었다 현재 절판된 『흉터와 무늬』 개정판이 곧 나옵니다. 몇 개의 꼭지를 추가하고 여러 가지 이유로 초판에 삭제했던 표현들을 복원했습니다. 지난 구정 연휴에 방에 틀어박혀 제 목숨과도 같은 소설을 오랜만에 다시 읽으니 감회가 새로웠습니다. 꼭지 제목 없애고 구성도 좀 다듬었습니다. 요즘 독자들은 제 소설을 어떻게 읽을지, 큰 기대는 하지 않지만, 그래도 설레네요.

_2017. 02. 09

봄을 기다리며

언제 봄이 오나……. 햇살은 봄인데 바람은 아직 겨울이네요.

목 빼고 기다리며 아무것도 못 하느니, 강의 준비하다 보면 3월이 와 있겠지요. 봄에 광화문에서 르네상스 미술사 강의합니다. 구체적인 작품과 관련된 시도 읽고, 기분 내키면 관련되지 않은 시도 읽을 겁니다. 혼낼 사람 없겠지요. 두근두근 조마조마한 3월.

_2017. 02. 14

운명의 일주일

운명의 일주일이 시작됐네요.

탄핵이 인용되어야 하는 이유— 저한테도 절실한 문제가 있어요. 작년에 최순실 사건이 터진 이후 지자체로부터 강의 의뢰가 뚝 끊겼어요. 이상하죠. 작년엔 여러 곳에서 강의했는데, 올해는 지금까지 서울이든 지방이든 지자체로부터 강의 청탁이 없네요. 페이스북을 통해 저의 정치적 색깔을 드러내서인가? 시국 때문에 오그라들어서 그런가?

만약에 탄핵이 인용되지 않으면, 저는 이 나라를 떠날 겁니다. 네. 정말입니다. 그렇잖아도 별로 살고 싶지 않은데 좋은 핑곗거리 생긴 셈이지요.

이화여대 여성 최고 지도자 과정에서 이번 학기에도 강의 요청 메일을 보냈어요.

"지난 학기에도 원우님들께서 가장 인상 깊은 강의로 기억해 주셨는데, 이번 학기에도 기대함으로 기다리겠습니다"라고 씌어 있네요.

호호 좋아하다가 아— 타는 냄새가 코를 찌르네요. 아침에 먹으려고 햇감자와 달걀 두 개를 냄비에 찌고 있었는데, 이 글 쓰느라 열중해 감자 태웠어요. 아이고. 저 훌륭한 요리사라서 냄비 잘 태우지 않는데, 저 시커먼 바닥 닦으려면 글 쓸 때만큼 고생— 손목 좀 아프겠네요.

_ 2017. 03. 06

간판

국민들은 거짓 우상을 내려놓았는데,
이 나라 방송들은 아직도 공주의 최면에서
빠져나오지 못했네요.
그녀 얼굴 보이면 지겨워 채널 돌린답니다.

미술사 강의 마치고 경복궁역 근처에서 친구들과 탄핵
축하 술을 마셨어요. 술집 밖으로 나왔는데, 서울지방검찰
청 간판이 보였습니다.

여기까지 쓴 글을 페북에 올렸더니, 아는 변호사님이 댓
글에 제가 광화문에서 본 간판은 서울지방검찰청이 아니
라 서울지방경찰청이라네요. 아무리 밤이라도 그렇지 '경

찰'을 '검찰'로 잘못 알아보았으니,

제가 검찰 너무 사랑하나 봐요.

앞으로도 계속 검찰 사랑하게 해주세요.

국민의 눈치만 보세요, 사법부는.

_ 2017. 03. 15

공주병

공주도 공주병에 걸리나요?

제가 무심코 내지른 말에 강의실이 와— 웃음바다가 됐
어요. 저에게 숨겨진 코미디 재능이 있나 봐요. 호호.

_2017. 03. 24

'내겐 더'

저의 장편소설 『흉터와 무늬』 개정판이 출간되었습니다.
12년 만에 새로 찍은 책을 어제 출판사에 가서 받아보았
습니다.

소설의 마지막 페이지, 마지막 문장에서 누락된 표현이
있음을 발견하고 속이 쓰렸습니다. 편집자 잘못이 아니라
제 잘못입니다. 나이 드니 예전처럼 꼼꼼히 교정보지 않게
되더라구요. 원래 문장을 복원해, 아래에 인용합니다.

생성되고 잊혀지고 다시금 발굴된 과거도 지워지리라.
시간의 모래 위에 새겨진 낙서처럼, 해변의 발자욱처럼 이
밤이 지나면 파도에 씻겨질 것을⋯⋯ 스스로 할퀴었던 칼
날을 세상 속에 그만 파묻고 싶다. 내겐 더 흘릴 피가 없

으니까.

(마지막 문장에서 '내겐 더'가 누락되었어요!)

아버지가 박정희 정권에 반대하는 '5·16 반혁명 사건'에 가담해 구속되며 집안이 풍비박산 나고, 시장에서 빵 가게를 차린 엄마에게 점심 도시락을 나르던 다섯 살짜리 여자아이. 하경과 하경의 가족이 통과한 70년대, 서울 변두리의 이야기입니다.

1쇄 2천 부 찍었어요. 어서 2천 부가 나가 2쇄를 찍어야 마지막 문장을 원래대로 복원할 수 있지요. 아니면 영원히 '내겐 더'가 빠진 상태로 소설이 끝나서…… 저 정말 피 많이 흘릴 것 같아요. 옛날 같으면 며칠 못 잘 엄청난 사고인데, 하룻밤 자고 나니 괜찮네요. 뭐, 어차피 소설인데요. 잘못되면 어때요.

_2017. 03. 28

인터뷰

하나뿐인 정장 구두 신고 나서는데 비가 오네요. 이슬비가 아니라 제법 내리네요. 인터파크 북DB와 약속한 카페에 들어서니 벌써 와 계셨어요.

동석한 편집자에게 책이 좀 움직이나 물어봤더니 『흉터와 무늬』가 서점에 깔린 지 일주일도 안 되어 천 부 주문이 들어왔대요! 기쁜 소식 듣고 즐겁게 인터뷰했습니다. 문화계 블랙리스트에 대한 제 견해를 묻길래, 윌리엄 블레이크를 인용했지요.

"인간을 파괴시키려거든 예술을 파괴시켜라. 가장 졸작(拙作)에 최고 값을 쳐주고, 뛰어난 것을 천하게 하라."

정치 사회만 아니라 문화판에도 구악이 일소되고 정의

가 실현되어야 하지요. 문화 예술계가 변해야 이 나라가 변합니다.

분위기가 편해서 이 말 저 말 가리지 않고 다 했습니다. 제가 말을 잘 안 할까 봐 걱정했다는 기자를 보며 이 기회 다 싶어 제 본색을 드러냈지요. 아무렴. 누구든지 마음만 먹으면 5분 안에 웃길 수 있다는 게 젊은 날 저의 자부심이었는데…….

_2017. 04. 05

페이스북 매너

봄이 오는가 싶더니 여름이네요. 오늘 오후에 너무 따뜻해, 길 가다 멈춰서 양말 벗고 맨발로 시내 다녔어요.

페이스북과 블로그를 시작한 지 어느덧 1년쯤 돼가는데, 페이스북에서 매너 지키기 쉽지 않네요. 1년 전에도 제가 손이 좋지 않아 모든 댓글에 답글을 달 수 없다고 양해를 구하는 글 올린 적 있어요. 댓글이나 메시지에 일일이 응답하지 못하는 저를 불친절하거나 오만하다고 오해하실까 봐 다시 알려드려요.

제가 페이스북 하며 느낀 불편함 혹은 아쉬운 점.

이게 저의 인격을 끊임없이 시험한다는 겁니다. '좋아요'와 댓글을 기다리는 자신을 발견하며 황당했습니다. 페이스북이나 블로그 같은 SNS가 우리들을 모두 나르시시스트로 만들 수도 있다는 것. 그게 염려되네요 하하하.

제 응답이 느리다고 화내지 마시길…….

'좋아요' 안 눌렀다고 삐지지 맙시다.

_2017. 04. 15

지루한 자와 오만한 자

리얼리즘 미술 강의 슬라이드를 편집하다 오노레 도미에(Honoré Daumier)의 풍자 조각 보고, 피식 웃었습니다. 1848년 2월 혁명 당시 프랑스 내각의 수반이었던 기조(Guizot)는 법률가 출신의 정치인이었지요. 프뤼넬(Prunelle)은 의사 출신. 우리나라 대선 후보들과 직업과 외모가 닮지 않았나요?

왼쪽은 '지루한 자.'

오른쪽은 '오만한 자.'

제가 아니라 도미에가 붙인 제목입니다.

그냥 웃자고 올린 글이니까, 너무 심각하게 보지 마세요!

_2017. 04. 19

기조   프뤼넬

빛나는 눈

인상파 강의 마치고, 길 건너 순댓집에서 뒤풀이하고 집에 들어왔습니다. 이번엔 제가 내려 했는데, 이 선생님께서 먼저 계산하셨네요. 아이코 미안해서 어쩌지요. 제가 눈치가 좀 없어요.

강의 듣는 분들의 빛나는 눈을 보며 저도 한 달간 행복했습니다.

"고통은 지나가지만 아름다움은 남는다."

르누아르의 말처럼, 예술은 우리에게 (잠시나마) 고통을 잊게 하지요. 아름다움의 힘이지요. 고통을 잠재우는 마약.

그만 자야겠네요. 근데 강의한 날은 잠 잘 안 와요.

_2017. 04. 25

사전 투표

아침 일찍 일어나 사전 투표 하고 지금 식당에 앉아 있
어요. 그동안 촛불 시위 나가느라 고생한 나를 위해 조금
우아한 밥 먹으러 A호텔에 도착. 아뿔싸, 레스토랑이 리뉴
얼 공사 들어가서 문을 닫았네요. 다시 발길을 돌려 무단
횡단 두 번 하고 (여러분은 따라하지 마세요!) 걸어 걸어 어
느 한식당에 앉아 있어요. 점심 먹기 이른 시간이라 손님
이 없네요.

투표하고 나오니 다들 기념사진 찍고 있데요. 덩달아서 투
표소 청년에게 부탁해 사진 찍고 나서 페북에 올릴까 말까
고민했어요. 화장 안 한 맨얼굴이라……. 그러나 제가 얼마
나 늙었는지 보여드리는 것도 도리일 것 같아서 호호호.

_2017. 05. 05

극락사

　신성한 법당에서 어떤 이야기를 할까, 어떤 시를 읽어야 하나. 종교 시설에서의 강의가 처음인 데다, 파워포인트 없이 말로만 진행해야 돼서 좀 긴장했어요. 절에서 실수할까 봐 벌벌 떨다가 친구들에게 카톡 보내 시를 추천해 달라 했지요.

　"넌 안 보고 하는 강의 더 잘하잖아."

　"네 시를 먼저 읽어."

　격려해 준 친구들의 충고대로 김기림의 「길」과 제 시를 여러 편 가방에 넣고 제주도로 날아갔지요. 애월읍에 있는 극락사는 마을 사찰이라지만 규모가 꽤 컸어요. 여기 스님들은 물론 극락사의 어떤 거사님들과도 친분이 없는 저를 초대해 주시다니. 공은 정말 제가 기다리지 않는 곳에서 오네요. (저는 냉담한 천주교 신자임.) 한 달에 한 번 있는 법회에 초대받아 150여 명의 보살님들과 거사님들 앞에서 시와 인생을 말하다니. 영광스럽지만 또한 조심스러울 수밖에 없었지요. 제 생애 다시없을 아주 특별한 경험이었습니다.

제 강의 듣겠다며 깜짝 나타난 친구 혜경과 보살님들과 점심 먹고, 극락사 뒤의 항몽 유적지 구경했습니다. 비탈진 오름을 오르는데 벤치의 나무 틈을 타고 올라온 노란 꽃이 예뻐 사진 찰칵, 미국 민들레라네요. 이른 아침부터 공항에 마중 나온 김 선생님, 고생하셨습니다. 저도 즐겁고 그분들도 즐거우셨다니 적당한 시 고르느라 고민 고민한 보람이 있네요.

_2017. 05. 07

어둠이 걷히면

오늘이 있기까지 숨은 공로자.

JTBC, 《조선일보》, 《한겨레》를 비롯한 언론들.

한번 움직이면 끝까지 가는 국민들.

프랑스를 제외하곤 아마도 전 세계 어디서도 찾아볼 수
없을 용감하며 열정적인 국민들.

새벽까지 개표 방송 보고, 오늘 아침에 수영하며 떠오른
페트라르카(Francesco Petrarca, 1304~1374)의 시.

나의 운명은 혼란이 요동치는

폭풍우 속에서의 삶이었다.

그대에게는…… 더 나은 시대가 기다리고 있다.

우리의 후손들은— 일단 어둠이 걷히면—

옛날의 빛을 다시 찾을 수 있을 것이다.

_2017. 05. 10

소득세 신고

5월이 가기 전에 종합소득세 신고하러 마포세무서에 갔다. 지난해 소득이 늘어서 근로장려금 대상이 아닐 거라 확신하고, 세무서 직원에게 나의 수입 금액을 뽑아달라고 했다. 작년에 강연을 많이 해서 기타 소득이 여러 개 잡혔다.

깨알 같은 숫자를 계산하기 힘들어 눈이 밝은 젊은 직원에게 부탁했다. 금방 계산기를 두드리더니 총수입이……. 2015년의 두 배 수준이었다. 게다가 환급받을 세액이 100만 원가량 내 통장에 입금된다니. 이게 웬일인가. 기분이 좋아 돌아오는 길에 신촌 현대백화점에 들러 올해 첫 팥빙수를 먹었다.

달달한 얼음물을 숟가락으로 삭삭이 파먹고 화장실에서 입가심을 한 뒤에 교통비를 아끼려 부지런히 버스 정류장으로 걸어갔다. 마을버스를 타며 요금 기계에서 "환승입니다" 소리를 들으려 막 뛰어가 떠나려는 차를 세웠다.

_2017. 05. 13

응급실

일요일에 어머니가 갑자기 열이 오르고 호흡 곤란이 와서 응급실로 모시고 갔어요. 다행히 폐렴이 아니라 기관지염으로 판정이 나서 밤에 다시 요양병원으로 모셨는데, 집에 와 라면 끓이며 깨달았지요. 그날 제가 9시에 아침 먹고 밤 10시까지 물만 마시고 아무것도 안 먹었더라구요. 경황이 없어서 배고픈 줄도 몰랐던 거지요.

응급실에서 지루하게 검사 결과 나오기 기다리면서, 내 어머니의 젊은 날이 떠올라 가슴이 시렸어요. 당신을 생각하며 제가 쓴 열 편의 시를 다 합쳐도 당신을 표현하기에 모자라지요.

_2017. 05. 24

제주 여행

가고 싶지 않지만 가야 한다, 서울로. 어제 새벽에 갑자기 떠나고 싶어서 1박 2일 도깨비 여행. 여기는 제주 R호텔. 바다가 보이는 방. 내가 가본 한국의 호텔 중에 최고. 전망도 최고 음식도 최고. 욕실에서도 창을 열면 바다가 보인다.

어제 낮에 아시아나 비행기 타고 내려와 오늘 아침까지 자는 시간 빼놓고, 제주 언니와 술 마신 시간 빼놓고 바다만 봤다. 오늘 새벽에 일어나서 바다 위로 해가 뜨는 감격스러운 장면을 보고, 해변에서 걷다 멈추다 해바라기. 얼마 만인가. 일출을 본 게.

벌겋고 둥근 해가 바다 위로 떠오르는 모습을 목격하고

호텔에 돌아와 아침부터 수영. 피곤해서 십 분만 헤엄치려다 나도 모르게 삼십 분 넘게 물 속에 있었네!

수영장에 사람이 없어 음악에 맞춰서 몸을 흔들고…… 씻고 나서 맛있는 아침 뷔페를 실컷 먹었다. 낙지 젓갈 맛있다. 평소 젓갈 먹지 않는데, 여기 낙지 젓갈 정말 맛있다. 이제 비행기 출발 시간이 다가와서 짐 싸서 떠나야겠네. 아 아쉽다, 다음엔 더 오래…….

_2017. 05. 27

일요일 오전

유럽인들이 버린 신(神)을

아시아의 어느 뭉툭한 손이 주워

확성기에 쑤셔 넣는다

춘천에 살며 (거기 교회, 신도시처럼 많아요) 교회 확성기
소리에 시달리다 쓴 시 「일요일 오전 11시」입니다. 파리의
노트르담 성당은 주일 미사에도 한가하더라구요.

왜 그들이 버린 신을 우리는…….

우리나라, 시끄러운 나라지요.

선거 운동도 시끄럽고, 국회도 교회도 시끄럽고.

언제 조용해지려나.

(오해 마셔요. 저 특정 종교에 반대하는 사람 아네요.)

믿어도 좀 조용히 믿자고 하는 말입니다.

_2017. 06. 03

자신 있으면 얼마든지 타협해

내가 젊고 어리석고 순진했을 때, 옳은 것은 옳고 틀린 것은 틀린 것이었다. 옳은 쪽은 항상 옳고 틀린 쪽은 항상 틀렸다고 선배들은 우리를 가르쳤다. 우리는 뭘 해도 옳고, 저들은 뭘 해도 틀려야 했다. 군부 독재라는 확실한 적이 있었기에 나는 선배의 말이 진실이라고 믿었다.

내가 젊고 어리석고 나약했을 때, 나는 비록 앞장서 싸우지는 못하지만 옳은 쪽을 바라보며 살기로 했다. 젊음은 단순 명쾌한 논리에 끌리기 마련이다. 가끔 정말 그런가? 의심이 들었지만, 옳은 쪽도 틀릴 수 있다는 생각은 내 머리에 오래 머물지 않았다. 노선이 다르면 연애도 깨지던 시절. 우리와 저들 사이에 중간 지대는 불가능해 보였다.

절충은 곧 배신이며 타락이라고 나는 쉽게 생각했다. 원칙을 지키는 게 어렵지 타협은 너무도 쉬울 거라고 지레짐작했다. 그리고 세월이 흘렀다.

한때 우리 편이라고 생각했던 사람들이 추악하게 변모해 가는 모습을 나는 지켜보았다. 나와 다른 진영, '틀린' 편에도 옳은 사람이 있음을 나는 알게 되었다. 늘 올바른 쪽도 없고, 늘 틀린 쪽도 없다는 사실을 알게 되며 나는 철이 들었다. 도로시 파커(Dorothy Parker)의 시처럼, 선과 악이 미친 격자무늬처럼 얽혀 있는 세상에서 옳고 그름을 따지는 것 자체가 무의미해 보일 때도 있었다.

중년이 되어 내게 떨어진 일. 늙고 병든 아버지와 어머니를 돌보며 나는 나와 생각이 다른 사람들을 자주 접촉해야 했다. 피곤했다. 그러나 내가 해야 할 일이었다. 우리 형편을 직시하고, 무엇이 어머니에게 최선인지를 의논하며 자매들 사이에 이해가 깊어졌다. 서로 원수처럼 말도 안 하고 지내던 동생과 요즘은 하루에도 몇 차례 카톡 문자를 주고받는다.

최선을 다하는 삶보다 차선을 다하는 삶이 더 어렵다. 타협을 하지 않으면 하루도 살 수 없게 된 지금, 난 알게 되었다. 성인이 되려면 자신과 생각이 다른 이들과 대화하고 타협하는 법을 배워야 한다.

그런데 왜 학교에서 세상 사는 데 필요한 타협의 기술을 배우지 못했나? 원망이 들곤 한다. 언젠가 어느 기업의 연구원과 간부들을 상대로 진행한 강의에서 나는 말했다.

"원칙을 지키는 건 쉬워요. 그냥 (원칙을) 지키면 돼요. 그러나 타협은 어려워요." 타협하면서도 망가지지 않는 게 중요하다. 자신이 있으면 얼마든지 절충할 수 있다. 자신을 지킬 자신이 있으면 악마하고도 거래하는 게 정치 아닌가.

세상에 내가 타협을 가르치다니!
세상 참 많이 변했다. 더 변해야 쓰겠다.

_ 2017. 06. 03

뒹굴뒹굴

어제는 현충일.

피곤하고 심심해 집에서 뒹굴뒹굴.

페이스북 대표 사진이나 바꿨다.

페이스북 서툴러 사진 바꾸느라 오후 내내 쥐락펴락.

사진 설명 다는 것도 쉽지 않네.

아이고……

이러면서 늙어가는 거겠지.

_2017. 06. 06

축구와 인생

공은 내가 기다리는 곳에서 오지 않았다.

그때도 지금도…….

_2017. 06. 08

모교 방문

오늘 모교인 선일여고에서 강의했습니다. 그 옛날에도 이렇게 높았던가. 가파른 언덕과 계단 오르내리느라 감회에 젖기는커녕 이미 진이 빠져 헉헉. 서울시가 후원한 '시인 모교 방문' 행사인데 드디어 제게도 기회가 왔네요. 학창 시절에 만든 시화집에 적혀 있던 명시들을 읽고 제 시도 서너 편 소개. 행사 마치고 아이들에게 지루하지 않았느냐 물었더니,

"아니요. 짜릿짜릿했어요."

그 말에 기운 내어 전철 타고 귀가.

_2017. 06. 09

짧은 휴가

5월에 제주도 갔을 때 일출만 보고 일몰을 제대로 감상하지 못해서 아쉬웠어요. 지난 1년간 일주일에 5일을 어머니가 계신 요양병원에 갔어요. 저는 인식하지 못했지만 피로감이 쌓였던 거 같아요. 바다 보며 하루 쉬고 오니 좋데요. 요새는 어머니에게 주 4일만 가요. 막냇동생이 하루, 둘째 동생이 이틀 가고. 이렇게 딸 셋이 교대로 매일 엄마에게 가요. 그동안 어머니에게 너무 소홀했기에, 늦은 감이 있지만 제가 할 수 있는 일을 하는 거지, 효녀 아녜요.

뭐 대단한 음식 만드는 것은 아니라서, 도시락 싸서 어머니에게 가는 것 자체는 그다지 힘들지 않아요. 식사 시간에 맞춰서 가는 게 어렵지요.

_ 2017. 06. 13

수박 주스

에어컨 틀지 않고 버티려는데 힘드네요. 기계 바람이 싫어서, 에어컨 청소하기 귀찮아서…… 게을러서?

더위를 견디는 저의 비법 공개합니다. 낮에는 뜨거운 열기가 들어오지 않게 창문 닫고 암막 커튼 쳐요. 저녁에 해가 지면 창문을 열고 시원한 바람이 실내에 들어오게 해요. 그리고 차가운 수박 주스 마시기. 저희 집 근처 제과점에서 2천 원짜리 수박 주스를 팔아요. 거의 날마다 마셔요.

며칠 전까지는 이런 원시적인 방법이 통했는데 오늘은 견디기 힘드네요. 내일부터는 에어컨 씽씽 들어오는 카페에서 슬렁슬렁 사람 구경이나 하며, 하는 일 없이 앉아 있어야겠네요.

_2017. 06. 23

정치인

이틀 전, JTBC 뉴스에 제 시가 나와 깜짝 놀랐어요.

정치인

5천만의 국민을 감히 사랑한다고
떠드는 자들.

사랑을 말하며
너는 숨도 쉬지 않니?

조찬과 오찬과 만찬에 참석해
축하하고 격려하고 약속하고

화장하지 않은 얼굴은 보여주지 않고

왼손이 하는 일은 반드시 오른손이 알게 하고
보도되지 않으면, 눈길조차 주지 않는 여우들.

(⋯⋯)

2012년 어느 문예지의 청탁 받고 쓴 풍자시입니다. 이 시를 쓰기 위해 난생처음 청와대 홈페이지에 들어가 대통령 일정 훑은 기억 나네요. 기다란 하루 스케줄표에 제일 많이 등장하는 단어가 '축하' '격려' '약속'이었어요. 대통령이 '축하하고' '격려하고' '약속하는' 사람이란 걸 발견했지요!

풍자시 쓰기 어려워요.
풍자를 이해받기는 더 어렵죠.

_2017. 06. 29

내게서 '도발적'이라는 형용어를 떼어주시길

갈까 말까? 아침에 일어나 몸을 뒤척이며 나는 망설인다. 몸 상태가 괜찮으면 수영 가방을 챙겨서 집을 나선다. 출퇴근하는 직장도 없는데, 이런저런 일에 치여 일주일에 한 번 수영장 가기가 쉽지 않다. 어머니 상태가 요즘 좋지 않아 갑자기 당신을 병원에 모시고 가야 하는 날이면, 그날은 물론이고 그다음 날도 운동은 삼가고 집에서 쉰다. 젊어서는 하루에 서울과 부산을 왕복해도 다음 날 아침에 일어나면 멀쩡했는데 나이가 드니 딱히 과로하지 않아도, 뭘 좀 열심히 하면 탈이 난다.

지난가을부터 서양 미술사 강의 준비를 하면서 파워포인트를 배웠다. 컴퓨터 앞에 앉아 슬라이드를 천 장쯤 만든 뒤에 근육통으로 고생했다. 부모님으로부터 건강한 유전자를 물려받은 덕에 큰 병치레 없이 버텨왔는데 이제부터가 문제다. 마음이 건강해야 몸이 건강한 법.

2014년 가을에 장편소설 『청동정원』을 출간한 뒤에 찾아온 허탈감을 나는 아직도 극복 못 하고 있다. 88올림픽이 열리던 해에 원고지에 첫 문장을 끄적인 뒤로 이십 년 넘게 쓰고 고치고 내팽개쳤다 다시 달려들어 내 모든 것을 쏟아부은 책. 이걸 완성할 수 있으면 죽어도 좋다고 생각했었다. 소설을 쓰려고 춘천의 아파트를 처분하고 수도권으로 이사했다. 글쓰기에 집중하려고 어머니를 요양원에 보내고 남자 친구도 멀리 했는데, 대중의 반응은 썰렁했다. 『청동정원』 덕분에 동생과 사이가 좋아지고, 그간 소원했던 친구와 다시 가까워졌으니 소득이 아주 없다고 할 수는 없다.

"난 우리 언니가 센 여자인 줄 알았는데, (소설 보니) 아니네." 책을 읽어가는 도중에 좋다며 문자를 서너 차례 보낸 여자 친구. 가까운 이들도 나를 오해했는데 독자 대중이나 기자들에게 내 작품에 대한 온전한 이해를 기대하면 안 되리. 그래도 좀 서운하다. 첫 시집이 나온 지 이십 년이 지나고 그 뒤로 시집을 네 권이나 냈는데, 아직도 나를 '도발적인 시인'으로만 기억하는 사람들이 있다. 나는 누구를 도발하려고 시를 쓰지 않았다. 시집 『서른, 잔치는 끝났다』에서 성(性)과 관련된 표현이 등장하는 시는 전체의 10퍼센트도 되지 않는다. 「선운사에서」와 「과일가게에서」처럼 서정이 진한 시들이 대부분이다.

내 시에 대한 오독의 대표적인 예가 「Personal Computer」이다. 남성 독자들이 충격을 받았다는 마지막 구절은 사이버 섹스에 대한 찬가가 아니다. 평론가 최원식 선생이 지적했듯이, 그 시는 컴퓨터 예찬이기는커녕 통렬한 풍자다. 나는 기계치며 첨단 기술을 좋아하지 않는다. 그 시를 쓸 당시 나는 컴맹이었고 내 말을 듣지 않는 컴퓨터에 복수하고파 인간을 길들이려는 기계 문명에 대한 비판을 반어법(反語法)으로 표현한 건데, 시에 등장하는 문구들을 다 직설법으로 받아들이다니. 내가 직설적인 게 아니라 그들이 직설적이어서 문제다. 한국처럼 획일적인 사회에서 대중에게 한번 각인된 이미지는 고치기 어렵다.

내 시집은 어느 대학에서 여성학 교재로 채택되었고 「선운사에서」는 고등학교 국어 교과서에도 실렸다. 도발적이고 센 이미지 때문에 내게 강의 맡기기를 주저하는 지자체나 대학이 많다. 그러니 이제 내게서 '도발적'이라는 형용어를 떼어주시길…….

일주일에 한 번이라도 물에 들어갔다 나오면 내가 무슨 큰일을 한 듯 뿌듯하다. 내 집에서 가까운 학교에 딸린 체육관에 실내 수영장이 있다. 일단 집을 나서기가 어렵지 체육관에 도착하면 기분이 좋다. 내 의지대로 움직였으니 아직은 내가 인생의 주인인 것 같다. 수영장을 다니면서 어깨 결림 증상이 사라졌다. 하루 입장권을 사서 신분증을 맡기고 탈의실로 들어간다. 낡고 허름하지만, 바닥이 군데군데 벗겨졌지만 세월의 흔적을 고스란히 간직한 공간. 탈의실은 지저분하지만 수영장은 깨끗하다.

빈 레인에 뛰어들어 머리를 물에 박고 몸을 죽 뻗는다. 물살을 가르며 앞으로 나아가는 느낌을 나는 즐긴다. 나는 차도 없고 운전도 못 하지만, 속도광들을 이해할 것 같다. 작은 방에 갇혔던 팔과 다리를 펴고 앞만 보고 헤엄치노라면, 걱정 근심이 사라지고 나는 행복한 동물이 된다. 물에 들어가면 고향에 온 듯 편안하니 인류가 양서류에서 진화했다는 말이 맞다.

여기가 서울이 맞나 싶게 한가한 수영장. 제일 깊은 곳의 수심이 3미터에 육박해, 초보자는 겁나게 물이 깊어서 찾는 사람이 드물 게다. 어릴 적, 문막의 섬강에서 어깨너머로 배운 수영이라 내 폼은 엉망이다. 젊어서 수영장에 오면 가끔 내 폼을 교정해 주겠다고 귀찮게 말을 거는 청년들이 있었는데, 나이가 드니 누구도 내게 신경 쓰지 않는다. 간섭받지 않는 건 좋은데, 할머니 대우를 받는 것 같아 섭섭하네요.

_2016. 06

3부

시간이 새긴 흔적

다시 부르는 옛 노래

강가의 들판에서 내 사랑과 서 있었네.

내 기울어지는 어깨에 그녀는 눈처럼 하얀 손을 얹었지.

그녀는 내게 쉽게 살라고, 마치 둑 위에

풀이 자라나는 것처럼 인생을 받아들이라 했지.

그러나 나 젊고 어리석었고,

그래서 지금 눈물로 가득하다네

성남문화축전에서 읽은 예이츠의 「다시 부르는 옛 노래 (*An Old Song Resung*)」입니다. 초대 가수 안치환 님이 「선운사에서」로 만든 노래를 (밴드 없이 기타 반주로) 불러주셔서 행복했습니다. 너무 열창하셔서 목소리가 망가지지 않나 살짝 걱정도 됐습니다. 마지막의 아— 한숨 소리가 압

권이었어요! 앙코르로 부른 〈바람의 영혼〉도 세월이 느껴져 좋았어요. 집에 오는 길에 시루떡 사 들고…… 빗속의 화려한 외출 마감입니다.

_2017. 07. 15

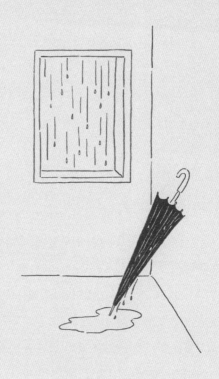

인왕산

어차피 올 여름엔 멀리 떠나기 글렀다. 유럽 여행의 꿈을 접고 비가 그친 뒤, 인사동에 다녀왔다. 이태호 선생의 〈서울 그림전〉을 보려고. 우리의 옛 그림을 연구해 미술사학자로 큰 자취를 남겼지만, 원래 그는 홍대 회화과를 다닌 미술학도였다.

옛날 학고재 근처에 자리 잡은 노화랑. 문을 열고 들어서며 내 눈에 들어온 그림. 〈여름 인왕산〉. 예쁘다. 시원하다.

세검정 국민학교를 졸업한 내게 인왕산은 그립고 살갑다. 서울 떠나고픈 마음이 굴뚝같은데 왜 서울 그림이 이리도 파고드는 걸까.

_ 2017. 07. 17

영화관

오랜만에 영화관에 갔어요. 충무로 뮤지컬영화제 개막작 〈시카고〉 보려고. 사랑과 허영에 대해 생각하게 하는 영화. 영상 편집이며 배우들의 연기가…… 1927년에 만들어진 무성 영화인데 수준이 대단하더군요.

영화제 초대받고 설레었습니다. 1995년이던가, 영화 출연 제의를 받은 적 있어요. 〈아름다운 청년, 전태일〉에서 문성근의 상대역으로 섭외를 받았지요. 감독은 박광수. 이창동 선배가 시나리오를 쓴 영화였어요.

구기동의 카페에서 이창동 감독과 만났지요. 문단 선배였던 그는 내게 "숨은 끼가 있는 것 같다, 표정이 배우처럼 풍부하다"고 말한 뒤 충고도 했어요.

영화판은 노가다판이다.

촬영이 끝나도 차에서 몇 시간이고 대기해야 한다.

"이 영화에 출연하면 영미 씨— 인생이 변합니다"라는 말이 왜 그리 무섭던지.

당시 저는 대학원 논문을 쓰고 있을 때라 방해받고 싶지 않았고 (모범생티 버리지 못해 기회를 날려 보냈어요!) 첫 시집이 잘 나가던 때라 제 인생이 변한다는 말에 겁이 났지요.

아무튼 저는 그 영화에 출연하지 않았고, 제 인생은 그냥 흘러 흘러 여기까지 왔지요. 물론 지금 그런 제안이 오면 당장 하지요. 지금은 인생을 어떻게든 변화시키고 싶은데…….

_2017. 07. 23

콩국수 번개

오늘 저녁에 카톡방에 콩국수 번개 때렸더니, 친구 M이 요런 문자 보냈어요.

"여름에 콩국수와 냉면과 팥빙수만 먹는 여자."

바로 난데…….

요즘은 비싼 팥빙수 대신에 수박 주스와 아이스크림을 더 찾아요.

세 여자가 서교동 제과점에서 만나, 수박 주스 마시고 (물 한 방울 섞이지 않은 100퍼센트 원액) 홍대밀방에서 콩국수와 파전 먹었어요. 막걸리 한 병 땄는데 배가 불러 다 못 비웠어요. 바삭바삭한 파전과 진한 콩국수 (물 한 방울 섞이지 않은 100퍼센트 콩물) 맛있었어요. 김치도 칼칼해 제

입맛에 딱. 7시에 만나 9시 반에 헤어졌어요. 건전한 번개.

사실 수박 주스와 콩국수 사이에, 잠깐 모처에서 제가 '스트레치 막대봉 체조' 시범 보였지요. 저의 건강 비결은 하루 10분 막대봉 체조, 그리고 일주일에 두 번 수영해요. 어깨 뻐근할 때 체조와 수영이 최고임. 덕분에 여름에 건 강하게 지내요. 아직 방에 에어컨 켜지 않고, 더위 참을 만 해요.

_ 2017. 07. 26

라라랜드

친구들이 〈라라랜드〉 좋다고, 꼭 봐야 한다고 난리 치는데도 안 봤는데, 어제 충무아트홀에 가서 드디어 봤습니다. 동생과 함께. 그러고 보니 동생과 함께 본 첫 영화네요. 동생과 나는 취향이 다르고, 몇 년 전까지만 해도 원수지간이었거든요. 제 소설 『청동정원』 나온 뒤 자매 사이가 좋아졌어요. (동생이 소설 읽고 언니를 이해하게 됐다며 제게 잘해줬어요.)

영화 시작 전에 노래 연습하다니. 관객들과 함께 노래 부르는 싱어롱(sing along) 상영은 특별한 경험이었어요. 첫사랑을 생각나게 하는 영화. 사랑에 빠진 남녀가 붕 떠서 하늘로 올라가는 장면에서 저, 빵 터졌어요. 아, 그렇지. 사

랑에 빠지면 무게를 느끼지 못하지. 세월이 흐른 뒤 남자
가 상처받는 모습, 보기 괴롭더군요. 저 또한 누군가에서
상처를 주었기에……

영화관 나와 동생과 나눈 대화.

―그 남자 참 착하데.

―그렇게 착한 남자가 어디 있니? 영화 속에서나…….

―왜 없어? 있지.

―착한 남자는 대개 생존 능력이 떨어지지…….

_2017. 07. 29

도착하지 않은 삶

아침에 수영하고 와서 무화과 먹고 있는데, 딩동! 택배가 왔네요. 출판사 봉투 뜯으니 『도착하지 않은 삶』이 두부 들어 있네요! 6쇄 500부 찍었다는 안내문과 함께. 제가펴낸 다섯 시집 중에서 4집인 『도착하지 않은 삶』이 최고라고 말하는 독자도 있어요. 춘천에 살 때 쓴 시들이 대부분인데, 외로울 때 좋은 시가 나온 것 같습니다.

무화과의 계절이 왔어요. 맛있지만 금방 물러서, 식구가적은 사람은 한 팩 사기가 (한 팩에 보통 일곱 개 이상 들어있어요) 부담스러울 수 있어요. 무화과 오래 먹는 방법 알려드려요. 한꺼번에 씻어서 푹 익어터진 알부터 먼저 먹고나머지는 냉장칸과 냉동칸에 나눠 넣어요. 단단한 애들을 골라 반으로 갈라 유리 그릇에 담아 밀봉해 냉동칸에 넣어요. 냉장실에 있던 놈들 다 먹어치운 뒤에 냉동실에서 하나씩 꺼내서 접시에 담아 실온에 두면 15분이면 적당히 녹아요. 잘게 썰어서 포크로 찍어 먹으면 아이스크림보다 맛있어요!

_2017. 08. 02

나의 여름 나기

이제 며칠만 버티면 무더위여 안녕! 제가 좋아하는 계절이 여름이라 시원섭섭할 것 같아요. 집에 에어컨 한 번도 틀지 않고 올여름 보냈다고 하면 사람들이 정말이냐며 다시 쳐다보지요. 워낙 기계 싫어하고 에어컨 바람 좋아하지 않아요.

선물 받은 선풍기가 자리만 차지해 치워버리고, 손바닥만 한 탁상용 선풍기 하나를 요리조리 옮기며 땀 식혀요. 컴퓨터 작업할 때는 책상 위에 두고, 잘 때는 침대 옆에 두어요. 자다가 저절로 배터리가 떨어져 동작을 멈추니 안전해요!

아침에 창문 닫고 암막 커튼 쳐서 외부 열기 차단하고,

저녁에 귀가해 방에 들어오면 시원해요. 신기하죠.

실내 습도를 낮추려 물 뚜껑은 죄다 닫고 샤워는 주로 수영장에서. 요즘같이 더운 때는 수영장이 천국이라 일주일에 세 번 가요. 음식은 5분 안에 조리 가능한 프라이만. 두부 부침이나 가지 오믈렛. 아침에 엄마 도시락 만들 때만 불 켜요. 점심은 사 먹어요. 단백질 보충하려고 스시 먹어요. 연어 초밥과 장어덮밥. 서교동에 괜찮은 스시집 많아요.

여름을 나는 진짜 비결은 일에 몰두하는 것. 요즘 혼자 틈틈이 불어 공부해 진도 꽤 나갔어요.

_2017. 08. 08

시를 읽는 오후

신간 『시를 읽는 오후』가 출간되었습니다. 그리스의 사포에서 미국의 마야 안젤루까지, 시대를 풍미한 시인들의 대표작을 엄선해 제가 번역하고 해설을 곁들인 책입니다. 독자들의 이해를 돕기 위해 감히 영어 원문을 병기했는데 오역도 있을 터. 『청동정원』 이후 3년 만에 펴내는 신간입니다.

시는 문화와 예술의 뿌리.

고통과 시간을 견디게 하는 힘이 곧 낭만이며 예술이지요.

_2017. 08. 15

이상한 자신감

책이 좀 움직이는 것 같아요. 제가 기대했던 것엔 못 미치지만⋯⋯.

전 사실 이렇게 제가 나서서 책 홍보, 행사 알리는 데 익숙지 않아요. 내 글에 자신이 있었기에, 한 문장도 허투루 쓰지 않았기에, 내 책은 사서 읽지 않는 사람이 손해, 라는 인식이 있었거든요. 등단 이후 25년간 저를 지배한 이상한 자신감 때문에 망했어요.

작가로서 자존심 다 팽개치고, 시장 바닥에 나서니 오히려 맘 편해요. 다 제 업이지요. 사람 잘 못 사귀고, 혼자 도도하고 뻣뻣하게 살아온 대가를 지금 치르고 있지요.

_2017. 08. 27

다른 문

『시를 읽는 오후』, 오늘 2쇄 찍는다는 이야기 들었어요.
서점에 깔린 지 20일 만에! 기분이 좋아서 오늘 저녁 강의도
잘됐어요. 제 생애 최고의 강의를 방금 했어요. 오늘의 하이
라이트는 페르시아의 시인 오마르 하이얌(Omar Khayyám).

루바이 27

젊었을 적에 내 스스로 박사와 성인들을 부지런히
찾아다니며 이런저런 위대한 논쟁들을 들었지만
들어갈 때와 같은 문으로 나왔을 뿐
나 자신 변한 건 없었네.

이 시를 다 읽자 앞줄에 앉은 여성분이 말했어요.

"저는 오늘 (강의 듣고) 다른 문으로 나갈게요."

순간 웃음바다. 센스 최고의 청중이 있었기에 최고의 강의가 된 것 같네요. 그분들이 다른 문으로 나가게, 아낌없이 보여드렸어요. 여러분의 뜨거운 공감과 박수에 저도 감동 먹었어요. 너무 행복해 오늘 잠 못 이룰 것 같아요.

_2017. 09. 05

나의 로망

　요즘 기분 좋았는데, 행복도 잠깐이네요. 어제 집주인에게서 월세 계약 만기에 집을 비워달라는 문자를 받았습니다. 지금 집도 동네도 맘에 들어, 욕실 천장 누수 공사도 하고 이것저것 다 내 손으로 고치고 손봐서 이제 편안한데, 또 어디로 가야 하나…….

　이사라면 지긋지긋해요. 제 인생은 이사에서 시작해 이사로 끝난 거 같네요. 이사를 안 하는 방법이 없을까? 11월 만기일에 짐 빼고 아예 이 나라를 떠날까. 떠나서 지구 어디든 이 한 몸 누일 곳 없으랴. 심란해 별별 생각 다 들었지만, 병원에 계신 어머니 때문에 멀리 갈 수는 없을 것 같네요. 다시 월세가 싼 고양시로 가? 서울인가 일산인가.

고민하다 번뜩 평생 이사를 가지 않고 살 수 있는 묘안이 떠올랐어요.

제 로망이 미국 시인 도로시 파커처럼 호텔에서 살다 죽는 것. 서울이나 제주의 호텔에서 내게 방을 제공한다면 내가 홍보 끝내주게 할 텐데. 내가 죽은 뒤엔 그 방을 '시인의 방'으로 이름 붙여 문화 상품으로 만들 수도 있지 않나. (도로시 파커가 살았던 뉴욕 호텔의 '도로시 파커 스위트'처럼.)

호텔 카페에서 주말에 시 낭송도 하고 사람들이 꽤 모일 텐데. 이런저런 생각이 맴돌다가, 오늘 드디어 A호텔에 아래와 같은 이메일을 보냈습니다.

안녕하세요.

저는 A호텔의 레스토랑을 사랑했던 시인 최영미입니다. 제안 하나 하려구요. 저는 아직 집이 없습니다. 제게 호텔의 방 하나를 1년간 사용하게 해주신다면 평생 홍보 대사가 되겠습니다. 갑작스러운 제안에 놀라셨을 텐데, 장난이 아니며 진지한 제안임을 알아주시기 바랍니다. 답변 기다리겠습니다.

그냥 호텔이 아니라 특급 호텔이어야 하구요. 수영장 있음 더 좋겠어요. (이 글 보고 '여기 어때' 하면서 장난성 댓글 메시지 보내지 마세요. 저 한가한 사람 아네요.)

_ 2017. 09. 10

이 더러운 세상

어제 한국은행 인재개발원에서 두 시간 강의했어요. 길 가메시에서 시작해 셰익스피어까지. 강의 중에 질문도 하고, 아주 적극적인 청중들이었어요.

셰익스피어 「소네트 71(*No longer mourn for me when I am dead*)」을 읽다가 "이 더러운 세상"에서 저도 모르게 목소리를 높였어요. (그동안 정말 하고 싶은 말인데, 참고 참다 터진 거죠.) 아차, 실수를 깨닫고 당황한 절 보고 웃음으로 격려해 주신 그분들께 고마워요. 여러모로 배려하고 환영해 주신 덕분에 요 며칠간 억눌렸던 마음이 좀 풀렸습니다.

_ 2017. 09. 21

내가 빈민?

저 보고 '빈민'이라 하는데 그 말 듣기 거북하네요. 저 잘 먹고 잘 살고 있어요. 돈 때문에 제가 하고 싶은 것을 못 한 적 없어요. 물질적으론 좀 부족할지 몰라도, 정신적 으로 풍요로운 삶을 살았어요. 1999년 어느 잡지에 이런 글을 쓴 적 있지요.

인생을 사는 데는 두 가지 방법이 있다. 많이 벌어 많이 쓰는 삶, 그리고 적게 벌어 적게 쓰는 삶. 많이 버는 것도 많이 소비하는 것도 나처럼 게으른 사람에겐 너무너무 피 곤한 일이라서 애초에 포기한 길이었다.

언제 훌훌 떠나도 좋게 짐을 만들지 않고 살자. 이게 그동안 내 삶의 모토였다. 집이니 차니 남편이니, 옷장이니…… 이런 것들이 없어도 사는 데 크게 불편하지 않았다. 그래서 굳이 소유하지 않고 버틴 건데, 요즘 들어 남들이 다 가진 걸 갖지 못하면 사는 게 무지 피곤하다는 걸 알았다.

　　— 수필집 『우연히 내 일기를 엿보게 될 사람에게』에서

지난 주말에 제주올레 여행자센터에 강의하러 갔다가, 기분 좋은 제안 들었지요. 신제주의 어느 호텔이 제게 방을 제공할 테니 언제든 사용하라는……. 갑자기 살 곳 많아졌네요.

이제 좀 쉬면서 사람들 만나려구요. 제게 호텔 방을 제안한 서울의 모 호텔 대표님과 식사도 하구요. 청와대의 E 비서관과 약속한 점심도 곧 다가오네요. 난생처음 푸른 기와 밑에서 엄숙한 밥 먹게 됐네요. 근데 저희 집에서 청와대 연풍문까지 무슨 버스를 어디서 갈아타야 하나 좀 알아봐야겠네요.

　_2017. 09. 27

150

자본 1

칼 마르크스의『자본 1』이 내 책장에 아직도 꽂혀 있다. 하얀 바탕의 표지는 세월의 때가 묻어 더러워졌다. 1987년 9월 1일 초판 발행. 번역자 김영민이라는 이름을 보니 가슴 한구석이 쓰리다. 내가 페이스북에 이 글을 올리는 이유는 앞으로 다시는 그런 불편함을 느끼고 싶지 않아서다.

지난 30년간 거의 들춰보지도 않은 책을 내가 버리지 않은 건 내 청춘의 한 조각이 거기 묻혀 있기 때문이다. 80년대를 다룬 나의 장편소설『청동정원』에『자본론』을 번역하던 그 시절을 조금 건드렸지만 아직도 못다 한 이야기가 있다.

남한에서 오랫동안 금서였던 마르크스의『자본론』을

한국어로 번역 출판한 지 30주년이 되는 해, 2017년에 여러 매체에서 이를 기념한 기사가 쏟아졌다. 그러나 어디에도 우리의 이름은 없다.

87년 출판사 '이론과 실천'이 『자본』을 출간한다. 독재 체제라는 현실 때문에 번역자는 '김영민'이라는 가명을 사용했다. 이론과 실천의 대표는 강금실 전 법무부 장관의 전 남편인 고(故) 김태경 씨였다. 이 책의 1권은 당시 운동권 학생들이 번역한 것을 김태경 대표의 친구인 강신준 동아대 경제학과 교수의 감수와 보완을 거쳐 세상에 나왔다. 2권과 3권은 강 교수의 이름으로 출간돼 90년 7월에 완간됐다. 김태경 대표는 『자본』 출판을 이유로 90년 국가보안법 위반 혐의로 투옥됐다.

—《중앙일보》, 2017년 6월 14일

그 '운동권 학생들', 그냥 보통 명사로 사라진 그들에게 이름을 찾아주고 싶다. 그들은 서울대를 졸업한 스물다섯 살의 젊은이들. 나를 포함한 80학번 다섯 명이 초역을 맡았다. 인문 계열 출신 네 명, 공대 출신 한 명이 1986년 봄부터 가을까지, 일주일에 한두 번 과천의 내 아파트에 모였다. 일어판 『자본론』을 갈기갈기 나눠 갖고 가 한글로 번역해 온 원고를 매주 수거해, 선배들(주로 대학원생들이나 활동가들)로 구성된 교열팀에서 독어 원전과 대조하는 작업을 거쳤다.

나는 일어 초역 팀의 유일한 여자였고, 모임의 방을 제공했다. 우리 집에 오기 전에 그들이 내게 전화로 약속 시간을 확인했다. 이혼한 뒤 친정에서 얻어준 전세, 당시 새로 조성된 과천 아파트 단지에서 가장 작은 평수인 7.5평 독신자 아파트의 3층이 우리의 아지트였다.

재학 중 시위에 가담해 무기정학을 받은 적은 있지만, 나는 투쟁에 헌신하는 직업적인 활동가는 아니었다. 대학을 졸업하고 진로를 놓고 고민하던 즈음, 79학번 여자 선배 L을 만났다. 그녀의 꼬드김에 넘어가 나는 한국학생운동사에서 소위 'CA(Constitutional Assembly)'로 지칭되는 비합법투쟁조직, 제헌의회 그룹의 사회주의 원전 번역 팀에 들어가게 되었다. (참고로 말하자면 제헌의회 그룹에서 갈라져 나온 분파가 나중에 백태웅과 조국 민정수석이 관여한

'사노맹'을 결성한다.)

『자본론』을 번역하려면 정치 경제학을 알아야 하니, 매주 번역과 세미나를 병행했다. 혁명을 위한 일이니 번역료는 애시당초 기대하지도 않았다. 군부 독재에 맞서 직접 싸우는 대신에, 나는 외국어와 씨름했다. 먹고 자는 시간을 빼고 하루 종일 번역에 매달렸다. 어떤 날은 음식을 만들 시간도 없어 점심 저녁 모두 짜장면을 배달시키고, 하루에 원고지 100매를 채운 적도 있었다.

보안을 위해 가명을 사용했지만, 팀이 해체될 즈음엔 각자의 실명을 알게 되었다. 여기 그 이름들을 다 밝히고 싶지만, 혹 본인이 실명 공개를 원치 않을 수도 있어, 성은 빼고 이름만 밝히겠다. 경우, 진구, 영철, 그리고 N은 세미나엔 참석했는데 번역도 같이 했는지? 너무 오래전이라 기억이 확실치 않다.

6월 항쟁 이후 7~8월의 노동자 대투쟁이 끝날 즈음, 우리가 번역한 『자본 1』이 세 권으로 나뉘어 세상에 나왔다. 증정 도장도 찍히지 않은 책을 하나씩 받고 뿔뿔이 우리는 헤어졌다. 그 뒤 누군가의 아이 백일인가 돌에 한번 모인 뒤, 우리 다섯은 다시 만나지 않았다. 서로 사느라 바빠서. 90년대를 통과해 셋은 대학에서 학생들을 가르치고, 한 사람은 어디서 뭘 하는지 알지 못하고, 나는 시인이 되었다. 『자본론』을 번역했던 내가 자본주의에서 가장 취약한 직업인 시인이 되었으니……

과천의 그 방을 닮은 원룸에서 이 글을 쓴다. 지금 내 방의 면적은 7.5평보다 크지만, 추억 속에선 젊은 날의 그 방이 더 크고 아름답다. 과천의 독신자 아파트는 내가 거쳐온, 내 생애 가장 아름다운 방. 멘델스존의 바이올린 협주곡을 들으며 사랑과 혁명을 꿈꾸던 청춘. 스물다섯의 여자와 남자들이 치열하게 머리를 맞댄 풍경. 당시 『자본론』 번역 팀이나 교열 팀의 누구도 지금 정치를 하지 않는다. 우리는 그저 하나의 언어를 다른 언어로 바꾸는 데 만족했던 사람들, 번역자였다.

인간의 머리에서 나온 가장 복잡한 구조물인 『자본론』의 때로 냉소적이고 화려한 문체를 나는 좋아하지 않는다. 그러나 내 청춘의 뜨겁던 시기, 마르크스의 언어와 사투를 벌이던 시간은 내 삶과 글에 깊은 흔적을 남겼다. 이를테면 나의 첫 시집 『서른, 잔치는 끝났다』에 실린 아래의 시는 어떤가.

자본론

맑시즘이 있기 전에 맑스가 있었고
맑스가 있기 전에 한 인간이 있었다
맨체스터의 방직공장에서 토요일 저녁 쏟아져 나오는
피기도 전에 시드는 꽃들을, 집요하게, 연민하던,

지금은 연락처도 모르는 그때 그 친구들을 다시 만나고 싶다. 니들 30년 전 여름에 내가 말아준 국수 맛 지금도 기억하니? 홍대 근처에서 내가 맛있는 국수 살게. 이 페북 글 보고 내게 메시지 보내주렴. (메신저는 하지 않아.) 번호 주면 내가 전화할게. 올해 가기 전에 한번 보자. 우리끼리 조촐한 30주년 잔치를 벌이자.

_ 2017. 10. 15

자본1.

칼 마르크스
번역, 김영민

대구의 추억

추석 연휴 끝나고 대구 내려가, 매일 탑리더스 아카데미에서 '시와 이미지'를 강의했습니다.

방황하던 이십 대, 전국을 돌아다니다 대구의 제과점에서 먹고 자며 일한 적 있어요. 당시 대구에서 아주 큰 빵집. 종업원이 열 명쯤 되는 제과점 건물 옥탑방에서 여자애들(저보다 나이는 어리나 세상사에 밝은 십 대들)과 한데 얽혀 잤지요.

아침이면 하나뿐인 수돗가에 세수하느라 긴 줄. 밤 11시 넘어 제과점 닫고 청소하고 숙소로 올라가면, 1층으로 통하는 문이 잠겨 밤에 볼일을 못 봤어요. 화장실 가고 싶을까 봐 저녁을 굶다시피 해 살이 엄청 빠졌어요. 공장은 아니었지만 어린 여성 노동자들이 처한 현실을 알게 됐지요. 한 달을 노예처럼 일하고 월급도 못 받고 그만뒀지만 대구는 저의 첫 직장……. 대구 가는 기차 안에서 지난 시절들이 떠올라, 감상에 젖다 보니 대구역 도착했네요.

_ 2017. 10. 12

4부

조용히 희망하는 것들

유럽을 꿈꾸며

새 한 마리가
나를 부른다
이 외로운 행성의 어딘가에서
다시 만나자고

—시집 『도착하지 않은 삶』에 실린 「파리의 지붕 밑」에서

언젠가 비 갠 아침, 교회 종소리를 들으며 헤어진 그 새를 다시 볼 수 있을까? 유럽의 기차에서 만나 잠시 이야기를 나눈 그녀의 눈빛이 기억난다. 한 마리 길 잃은 새처럼 방황하는 눈빛이었지. 서로 연락처라도 주고받을걸…….

간다 간다 하면서 못 갔네. 파리가 나를 부르는데, 비행

기 표를 사놓고도 못 떠났네요. 내년 6월에? 카페에 앉아 맥주 홀짝이며 월드컵 경기 구경하는 재미 괜찮을 거예요.

_2017. 10. 18

시구

오늘 문재인 대통령 시구 보며 옛날이 떠올랐어요.

저도 잠실에서 시구한 적 있어요. 2009년 여름. 춘천 살 때였는데, 한 달쯤 몸 만드느라 땀 흘렸어요. 스트라이크 꽂으려고 연습했지요. 제 강속구 받느라 우리 아파트 담벼락이 고생했어요.

제가 시구한 경기에서 김현수 선수가 생애 최초 만루 홈런 날려, 이 언니를 기쁘게 해줬죠. 당근, 시인이 잠실에 강림한 그날 두산이 롯데를 큰 점수 차로 제압해, 전날의 패배를 설욕했지요.

사랑하는 현수가 미국으로 떠난 뒤 두산 베어스 경기는 덜 보게 되었지만, 한번 곰은 영원한 곰. 두산 파이팅!

_2017. 10. 25

전쟁과 광기

전쟁을 시작하는 건 이성일 수 있지만,
전쟁을 지속시키는 건 광기이다.

소설 『홍터와 무늬』에서 제가 쓴 문장입니다. 트럼프에
게 해주고픈 말인데, 제가 바빠서 트럼프 못 만나요.

_2017. 11. 03

쓰다 만 소설

오늘 제게도 지진이 일어났어요. 오후에 북서울미술관에서 강의 마치고 미술관 2층에서 차를 마셨어요, 큐레이터와. 젊은 그녀와 이런저런 이야기 나누다 내게 꽂힌 한마디.

"선생님— 문학으로 끝장내세요."
"소설 쓰세요."

선생님 강의처럼 재미난 글. 90년대를 배경으로 유머 넘치는 옴니버스 소설을 쓰라는 그녀에게 뭐라 뭐라 쓰고 싶지 않은 이유를 열거했지만, 저는 흔들렸습니다.

내 다시는 소설 따위는 쓰지 않으리라, 써도 출판하지

않으리라 결심했는데⋯⋯. 근데 사실 오늘 오면서 전철 안에서 오스카 와일드의 『살로메』를 영어로 다시 읽으며 소설을 생각하긴 했지요.

You are the only man that I have loved⋯⋯.

내가 쓰다 만 연애 소설. 언제 다시 건드리기나 할는지. 다시 그 행복한 (글) 감옥으로 들어가? 망설이며 내 입에서 쓰지도 않은 소설 제목이 나왔습니다.

서교동 블루스.

어때? 제목 좋지?

네에— 선생님. 지금 마침 그 근처에 사시니까 글 잘될 거예요.

'소설' 때문에 얼마나 정신이 나갔는지, 미술관을 나와 전철을 세 번이나 잘못 탔습니다. 태릉입구역에서 내리는 거 깜빡했다, 다음 역에 내려 남쪽으로 가는 열차 타야 하는데 북쪽으로 가는 전철에 올라타 종점까지⋯⋯. 앉아서도 서서도 머릿속으로 소설 그리고 있었어요.

누구 좋으라고 내가 소설을? 혹시나 혹시나 했다가 번

번이 실패했는데……. 글쎄 생각 좀 해봐야겠네요. 아무튼 제게 좋은 강의 소개하고, 길바닥의 낙엽을 걷어차면서도 아무런 감흥도 느끼지 못하고 죽어가는 시인에게 문학의 불꽃을 던진 그녀에게 고마워요. 덕분에 하루에 전철을 세 번이나 잘못 탔지만. 근데 지하에서 너무 헤매 배고파요. 합정역에 내려 허겁지겁 먹어치운 소고기 카레론 모자라 당근 케이크 샀어요.

쓸까 말까?

그냥 강의나 하며 살기에는, 문학을 여기서 접기에는 제 재능이 아깝긴 해요. 누가 알아주든 말든…….

_2017. 11. 15

서교동의 카페

일요일에 별일 없으면 서교동의 더페이머스램에서 조식 뷔페 먹어요. 대학 1학년 때 처음 마시고 심장이 마구 뛰어서 입에 대지도 않던 커피의 진짜 맛을 알게 된 것도 이곳에서였어요. 잉글리시 블랙퍼스트 (홍차) 시키고 리필로 나오는 이디오피아 시다모에 맛 들였어요. 그리 무겁지 않으면서 세련된 맛. 어떤 맛이냐고 내 앞에 앉은 커피광인 친구가 물어보길래 멘델스존 바이올린 협주곡 같다고 말했지요. 피아니스트인 그녀가 말하길, "맞아요. E 마이너인데도 경쾌한……."

일요일에 친구와 11시에 만나 느긋하게 브런치 포식하고 커피 마시며 두 시간 넘게 수다 즐겼어요. 기운이 솟아 홍대 근처 여기저기 기웃거리고, 합정동 메세나폴리스까지 만보 걸었어요.

요즘 불면증이 있어서 카페인 음료를 꺼렸는데, 그 불면증을 커피로 치료했다면 믿으실까? 차라리 아침에 커피 마시면 에너지 솟아서 많이 움직이니, 피곤해 밤에 잠이 잘 올 거라는 동생의 예상이 적중했네요! 땡큐—

여기는 특히 빵이 맛있어요. 그리고 과일. 무화과 푸짐하지요.

_2017. 11. 19

귀순 병사

홀로 차를 몰고 남한으로 내려온 귀순 병사가 죽지 않기를 나는 빌었습니다.

자유를 찾아 목숨을 건 그의 용기에 박수를 보내며…….

나태한 나 자신을 돌아보았습니다.

귀순 병사가 의식이 돌아왔고, 죽지 않을 거라는

뉴스를 들으며 기쁘고 자랑스러웠지요.

대한민국 의료 기술 대단하네요.

그를 살리기 위해 최선을 다한 의료진에게 감사드려요!

사선을 넘은 병사도 영웅이고

그를 살린 의료진들도 영웅입니다.

그런데 칭찬은 못 할망정 무슨 인격 살해?

정치인의 헛소리에 신경 쓰지 마시고

치료에 계속 집중하셔요.

병사가 우울해한다니 안타깝네요.

얼굴도 이름도 모르지만…….

그 젊은이가 활짝 웃는 모습 보고 싶네요.

_ 2017. 11. 22

구두를 짝짝이로 신은 이유

사춘기의 내가 가장 갖고 싶었던 물건이 책이었고, 가장 가고픈 곳이 도서관이었다. 사직도서관과 정독도서관에서 참 많은 시간을 보냈다. 십 대의 어디로 튈지 모르는 젊음을 책이 아니라 다른 데 쏟았다면, 다른 인생을 살았을 텐데. 작가가 되지 않았다면 더 행복했을 텐데. 후회하지만 이미 지난 일. 차라리 '독서 예찬'을 늘어놓아 지금의 자신을 합리화하고 독자들을 유혹하는 게 더 나으리.

『삼국지』나 『플루타르크 영웅전』처럼 부피가 나가는 책들은 도서관이 아니라 친구나 이웃에게서 빌렸다. 누에가 뽕잎을 먹듯, 종이에 적힌 활자들을 야금야금 머리에 넣으며 밤을 새워 책을 붙들다 아침을 맞곤 했다.

『수호지』처럼 페이지를 넘기며 입안이 바짝바짝 타는 이야기에 빠져 시계를 보지 않던 아침에, 구두를 바꿔 신는 사고가 잦았다. 실내가 어두운 가을이나 겨울이었을 게다.

"엄마, 지금 몇 시야?"

"너, 벌써 늦었어."

엄마의 말을 듣자마자 나는 책을 접고 벌떡 일어났다. 7시 20분에 떠나는 스쿨버스를 놓치면 만원 버스에 끼여 가야 한다. 가방을 들고 뛰는 데 급급해, 현관 바닥에 뒤엉킨 구두의 색을 확인하지 못한 게 화근이었다. 얼떨결에 발에 닿는 놈을 꿰차고 대문을 나섰는데 왼쪽은 검정, 오른쪽은 밤색이었다.

검정 구두는 동생의 J여중, 밤색은 내가 다니는 S여고의 공인 학생화였다. 서울의 어느 여학교든 앞닫이가 달린 굽 낮은 단화를 신는 데다, 자매의 신발 치수가 똑같아 빚어진 사고였다. 내가 집을 나간 뒤에 동생은 현관에서 발을 굴렀다.

"엄마. 언니가 또 내 구두 신고 갔어!"

냅다 소리를 질러봤자 목만 쉬니, 나처럼 짝짝이를 신기

싫은 동생은 운동화를 신고 학교에 가며 나를 원망했다. 그러거나 말거나 아랑곳 않는 나는, 버스에서 내려 교문을 향해 걸을 때도 구두를 바꿔 신은 줄 몰랐다. 지각하지 않으려 앞 사람의 뒤통수만 보고 걷는 등굣길, 누군가 내 등을 치며 나의 실수를 지적했다.

"야. 너, 신발이 그게 뭐냐!"

뒤에 오던 아이들이 까르르 웃고, 그제야 나는 내 발을 내려다보고 밤색과 검정의 부조화를 알아챘다.

아차! 이거 큰일 났군. 무슨 수가 없을까? 공인된 밤색이 아니라 검정색을 신은 나의 왼발이 학생 주임에게 들키면? 정문이 아니라 뒤로 돌아 들어갈까?

복장을 위반한 아이들에게 알밤을 먹이는 게 취미인 당번 선생보다 뒷짐 지고 괜히 어슬렁거리는 교장이 더 무서웠다. 빛나는 대머리에게 걸리면 나는 죽는다. 교장이 아끼는 S여고의 상징인 베레모를 (머리에 쓰지 않고) 가방에 구겨 넣다 (바로 그 순간 현장을 지나던 교장에게) 잡혔던 날처럼 복도에서 손 들고 서 있음 어떡하지. 드나드는 선생마다 나를 골려먹겠지. 총각인 독어 선생이 내 꼴을 보면 어쩌나. 싱긋 웃으며 "최영미! 지금 뭐 해?"가 싱거운 입에서 나오겠지…….

걱정이 꼬리를 물었지만 마땅한 해결책이 없었다. 나는
안 된다 싶으면 포기가 빠른 아이였다. 신발을 제대로 신
은 어제 아침보다 당당하게 교문을 향해 걸었다. 내 옆의
친구에게 요즘 외운 명시를 토씨 하나 틀리지 않게 재생해
주는 이야기꾼의 기쁨도 누리며.

먹잇감을 찾아 번득이는 눈알은 내 발을 그냥 지나치지
않았다. 구두를 벗고 검은색을 숨기려 후다닥 신발주머니
를 꺼내는데, 체육 선생의 볼록한 배가 뒤뚱거리며 가로막
았다. 학교의 품위를 떨어뜨린 학생에게 내려진 벌.

"너, 이따 집에 갈 때는 실내화 신어. 알았지?"

네, 라고 대답하곤 복도에서 손 들고 서 있는 체벌보다
는 낫다고 안심했는데 천만의 말씀. 덧신처럼 얄팍한 실내
화를 신고 귀가하는 길은 창피스럽다기보다 불편했다. 밑
창이 없는 신으로 땅을 밟으려니 속옷 차림으로 거리를
활보하는 것처럼 어색했다. 이건 사물의 본질과 관계없는
겉모습일 뿐이야, 실내화도 신발인데 건물 밖에서 신는다

고 어디 병나나? 아무렇지 않은 척했지만 발바닥이 보호막 없이 울퉁불퉁한 길바닥에 닿는 감촉이 싫었다. 하굣길에 짝이 맞지 않은 구두를 신었다고 신고할 사람은 없었다. 선생이 없는데도 선생의 엄명을 곧이곧대로 실천한 나는, 제도에 초연한 듯하지만 학원의 굴레를 벗어나지 못하는 모범생이었다.

옛날처럼 미친 듯이 활자를 파먹지는 않지만, 지금도 책은 심심한 저녁에 내가 기대는 친구이다.

_ 2015. 06

해바라기

내가 여러 해 동안 해온 직업을 그만둔 이유 중 하나는 자기 패거리들에게 일자리를 주는 신사들과 내가 다른 생각을 가지고 있기 때문이지.

—반 고흐가 암스테르담에서 화상을 그만둔 뒤 테오에게 보낸 편지에서

좌절한 그의 자화상과도 같은 〈해바라기〉.
꺾이고 부서지고……. 그래도 그는 붓을 놓지 않았다.

_2017. 12. 06

30년 만의 해후

80년대에 마르크스의『자본론』번역을 같이했던 친구들과 오늘 저녁 만났습니다.

어이 여전하네.

안 변했네. 머리 벗겨진 것만 빼고……

(요런 거짓말로 어색함을 숨기고.)

서교동의 식당에서 30년 만에 모인 친구들과 아득한 시간 여행했습니다. 서로가 간직한 기억의 조각이 달라 재미있었어요.

─『자본』번역 마치고 팀이 해체됐나?

─아니야. 그 뒤에 몇 개 더 했어.

─『경제학 철학 수고』도 번역했어.

그때는 일하느라 술을 마신 적이 거의 없었어요. 어느덧 푹 익은 중년이 되어 술잔을 부딪고 실없는 농담도 주거니 받거니. 그러다 문득 번역 팀의 윗선이었던, 오래전에 세상을 떠난 선배 생각에 숙연해지기도 했습니다. 초역한 저희보다 교정을 본 선배들이 더 고생했을 텐데, 당시 철학과 대학원에 다니던 선배들이 독일어 원본과 대조하는 교정에 관여했다고 들었는데 또 누가 더 있었는지 너무 오래전 일이라…….

_2017. 12. 13

미술 강의

어제 피카소와 큐비즘(cubism) 강의 마쳤어요. 전날 새벽까지 슬라이드 넣고 빼고 다시 넣느라 잠을 좀 못 잤네요. 더 빼면 안 될 것 같아 마지막으로 편집한 슬라이드 85장. 두 시간 동안 어떻게 이걸 다 보여주나. 결과는 성공!

미술 강의는 문학 강의보다 다섯 배는 힘들어요. 제 눈을 너무 혹사시켜서 그만할까, 생각하다가도 슬라이드 만들어놓은 거 아까워서 더 해야겠어요. 평화로운 연말 보내시기를 빌며…….

_ 2017. 12. 20

오해

오늘 제 강의 들은 어떤 선생님이 그동안 저에 대해 갖고 있던 편견이 바뀌었다고 말씀하시더군요. 어떤 편견이었는데요? 라고 물어보려다 그만두었어요. 옛날에 (내가 시인이 된 직후였다) 문학을 전공한 여자 선배가 내게 말했지요. "영미야, 너는 앞으로 영원히 이해받지 못할 거야."

아— 왜 내가 그 오랜 동안 나에 대한 왜곡된 이미지를 그대로 방치했는지. 제 책임도 있지요. 잘못된 선입견에 사로잡힌 그들이 문제지, 나만 안 그러면 괜찮다고 생각했는데, 황당한 오해와 비난에 일일이 대꾸하는 건 내가 나를 모욕하는 일이 되리라, 고 감히 무시했는데…… 제가 틀렸던 것 같아요.

_2017. 12. 27

어떤 연말

한 해 더 살아주면
넌 나한테 뭘 해줄래? 2018년아!
내 노트북만 완전히 망가뜨리지 않는다면,
웬만한 건 내가 다 참아주마.

위아래 이음새가 깨진 노트북으로 슬라이드도 만들고
글도 쓰고 올해도 쌩쌩 잘 버텼네요.

_2017. 12. 30

2018년

새해에 크게 아프지 마시고,

많이 웃으시고,

쉽게 용서하시기 바랍니다.

_2018. 01. 01

감기에 레몬차

감기 기운 있을 때 레몬차 만들어 마셔요. 잘 익은 레몬을 사서 물로 씻은 뒤에 얇게 썰어 유리병에 넣고 꿀을 두어 숟가락 부으세요. 이렇게 만들어진 레몬차 원액을 머그잔에 덜어 그 위에 뜨거운 물을 부으면 끝!

그런데 너무 뜨거운 물을 부으면 레몬이 아파요. 레몬의 비타민 C도 파괴되고요. 펄펄 끓는 물을 그냥 붓지 말고 1분 정도 식히세요. 물이 식는 동안 심심하면 체조를 하시든가.

꿀에 잰 레몬을 냉장고에 넣고 목마를 때마다 꺼내 물 부어 마셨더니 이틀 만에 감기 기운 떨어졌어요. 집에서 레몬차 만들면 좋은 점—물을 끓이니 실내 습도가 올라간다는 것.

2018. 01. 06

에밀리

전혀 성공해 본 적 없는 이들이
성공의 달콤함을 가장 잘 헤아리지······.
— 에밀리 디킨슨, 「성공의 달콤함을 가장 잘 헤아리지···
(*Success is Counted Sweetest*)」에서

파시클에서 펴낸 에밀리 디킨슨 시집 『어떤 비스듬 빛
하나』를 읽었어요. 한국에서도 이렇게 예쁘고 귀하게 시집
을 만들다니. 출판사 이름이 책 표지에 없는 책은 처음 본
듯. 파시클. 기억해야겠어요. 광택 없는 고급스러운 종이.
절제된 세련미. 딱 내 취향. 가벼워 여행 가며 들고 가기 좋
아요.

_2018. 01. 08

188

80년대

80년대가 내게 남긴 것은 이념이 아니라 '정서'이다. 이념이나 사상은 변할 수 있지만, 정서는 변하지 않는다. 옷을 고르는 취향, 타인을 대하는 태도, 말버릇이나 헤어스타일은 한번 굳어지면 평생을 간다. 작은 것들에 대한 연민, 정의에 대한 갈증, 돈과 악수하지 않는 손, 권력에 굽실거리지 않는 허리를 그 시절은 내게 물려주었다.

　—지금은 아무도 찾지 않는 『청동정원』을 거닐며

_2018. 01. 15

5부

세상의 절반을 위하여

사람들이 믿을까?

뉴스 보며 착잡한 심경.

문단에서도 성추행 성희롱 문화가 만연해 있었다. 그러나 나는 그 시절의 이야기를 지금 할 수 없다. 이미 나는 문단의 왕따인데, 내가 그 사건들을 터뜨리면 완전히 매장당할 것이기 때문에?

아니, 이미 거의 죽은 목숨인데 매장당하는 게 두렵지는 않다. 다만 귀찮다. 저들과 싸우는 게. 힘없는 시인인 내가 진실을 말해도 사람들이 믿을까? 확신이 서지 않아서다. 내 뒤에 아무런 조직도 지원군도 없는데 어떻게? 쓸데없는 오해를 받고 싶지 않다. 눈에 보이지 않지만 그래서 더 무시무시한 조직이 문단.

_ 2018. 01. 30

세상의 절반

그가 아무리 자유와 평등을 외쳐도
세상의 절반인 여성을 짓밟는다면
그의 자유는 공허한 말잔치.

그가 아무리 인류를 노래해도
세상의 절반인 여성을 비하한다면
그의 휴머니즘은 가짜다.
휴머니즘을 포장해 팔아먹는 문학은 이제 그만!

_ 2018. 02. 08

문단 내 성폭력

지난주 JTBC 〈뉴스룸〉에 나간 뒤 일부 매체에서 제 인터뷰 내용을 왜곡 보도했기에 이를 바로잡습니다.

저는 수십 명에게 성추행당한 적이 없습니다. 저를 성희롱하거나 성추행을 시도한 남자 문인들이 수십 명이라고 말했는데, "최영미 시인 문단에서 수십 명 성추행"이라고 크게 제목을 뽑은 기사가 인터넷에 떴습니다. 제 명예를 훼손하는 잘못된 기사 제목을 수정해 주시기 바랍니다.

1992년 등단 이후 제가 원하지 않는 신체적 접촉(성추행)을 했던 남자는 네 명입니다. 악수를 하며 제 손을 오래 잡고 손바닥을 간질이는 등 비정상적인 행위를 한 사람들도 두어 명 있었으나 이름이 기억나지 않네요.

권력을 쥔 남성 문인들의 이러저러한 요구를 (노골적이지 않더라도 결국 성적인 함의를 포함한 메시지를) 거절했을 때, 여성 작가가 당하는 보복은 당장 눈에 보이지 않습니다. 오랜 시간에 걸쳐 '제외되는' 식으로 문단의 주변부로 밀려나지요. 그들에게 희롱당하고 싶지 않아 문단 모임을 멀리하고 술자리에 나가지 않으면, 더 큰 불이익을 당하지요. Out of sight, out of mind. 자주 나타나지 않으면 원고 청탁도 뜸해지고, 신간이 나와도 사람들이 모르지요. 주요 출판사의 큰 행사나 시상식에는 문학 담당 기자들도 오는데, 기자들과 친하게 지내지 않더라도 작가인 자신의 얼굴과 이름이라도 각인시켜야 나중에 책이 나올 때 그들의 가시권에 들어오지요.

저처럼 대학에서 문학을 전공하지도 않았고 문단 내 친하게 지내는 사람이나 이렇다 할 인맥이 없는 여성 문인이, 문단 사교계를 멀리하면 자기가 잊혀지는 줄도 모르고 잊혀지지요.

문단 카르텔 속에서 여성 문인이 당하는 피해를 쉽게 설명하려 한 예를 들었을 뿐, 제가 방송 인터뷰에서 문단 내 성폭력과 보복이 진행되는 과정 전체를 일반화한 건 아닙니다.

작년 가을에 「괴물」을 《황해문화》에 보내고 게재 여부를 저도 확신하지 못했지요. 만일 시가 잡지에 실리지 않으면 내 페북에 공개할까 생각 중이었는데, 고맙게도 시를 실어줘서 페북에 올리지 않았습니다.

잡지가 나온 뒤 인천의 모 언론에서 전화가 와 괴물에 대해 묻길래, 덜컥 겁이 나 인터뷰를 거절했습니다. "누가 나를 건드리지 않는 한 내가 먼저 말하지 않겠다"고 저는 말했지요. 괴물과 괴물을 키운 문단 권력의 보복이 두려웠고, 그들을 건드려 귀찮은 일에 휘말리고 싶지 않았습니다. 하루하루 간신히 살아가기도 힘든데…… 일부러 문제를 키우고 싶지 않았지요.

그리고 한참 잊고 있었는데 서지현 검사의 폭로 이후에 제 시가 트위터 SNS에 돌아다니다 기자들의 눈에 포착되어 여기저기서 기사가 나왔습니다. 문단 내 성폭력이 더는 반복되지 않기를 바라는 마음에서, 제가 겪은 슬픔과 좌절을 젊은 여성 문인들이 경험하지 않기를 바라며 저는 방송에 나갔습니다.

문단 내 성폭력을 조사하는 공식적인 기구가, 작가회의만 아니라 문화부, 여성 단체, 법조계가 참여하는 문화 예술계 성폭력 조사 및 재발방지 위원회가 출범하기를 요청합니다.

여러분의 격려와 응원 덕분에, 이제 제게 괴물과 괴물을 비호하는 세력들과 싸울 약간의 힘이 생겼습니다. 문단 내 성폭력이 구시대의 유물로 남기를 바라며, 저도 뒤로 물러서지 않고 제가 할 수 있는 일을 할 것입니다. 더 많은 여성들이 #Metoo를 외치면, 세상이 변하지 않을까요.

_2018. 02. 17

우리 함께

여러분의 응원과 격려에 감사드립니다. 제 블로그에 찾아와, 정성스러운 글 남기신 분들께 제가 손이 좋지 않아 일일이 답글 못 드렸네요.

어떻게 나 혼자 저 단단한 벽을 치나?

두렵고 외로웠지만, 여러분의 격려에 힘을 내렵니다.

지금 이 싸움은, 나중에 돌아보면 역사가 될 거라고 누군가 제게 문자를 주었지요. 우리 같이 한번 바꿔봅시다!

_2018. 02. 20

미투는 과거와 미래의 싸움

숙명여대 '숙명 라이프 아카데미'에서 강의했습니다. 서양 역사에 최초로 자기 이름을 남긴 여성 작가인 그리스의 사포, 빈센트 밀레이, 도로시 파커, 마야 안젤루의 시와 삶을 소개하고 2부에서는 제 시를 열 편쯤 읽었습니다. 따뜻하게 환영해 주신 선생님과 학생들에게 감사드려요.

강의 마치고 광화문에서 저녁 먹고, 청계 광장 미투문화제 무대에 올라가 시 「괴물」을 낭송했습니다. 며칠 전에 초청받았지만 혹시 모를 불상사를 막고자 미리 알리지 않고, 깜짝 출연했어요. 작년 가을에 시를 쓰고 사람들 앞에서 「괴물」을 읽은 건 오늘이 처음입니다. 잊지 못할 밤이었습니다. 추운데도 많이 오셨더군요. 젊은 그들의 열기에 감염

되어 저도 흥분해 무대에서 몇 마디 더 했지요.

"저는 싸우려고 시를 쓴 게 아닙니다. 알리려고 썼습니다. 미투는 남성과 여성의 싸움이 아니라, 과거와 미래의 싸움입니다. 우리는 이미 이겼지만, 남자와 여자가 평화롭게 공존하는 그날을 위해 더 전진해야 합니다. 지금 이 싸움은 나중에 돌아보면 역사가 될 것입니다."

여기까지 말하고 무대에서 내려왔어요. 행사 마치고 같이 행진하고 싶었지만 피곤해서…… 발길 돌려 집에 왔네요.

_2018. 03. 23

잊혀진 목소리

4주에 걸친 '잊혀진 목소리, 여성 시인들' 강의 마쳤습니다. 그동안 제 강의 들으신 분들께 감사드립니다. 헤어지며 제 시 「파리의 지붕 밑」을 인용해 작별 인사 했습니다.
"이 외로운 행성의 어딘가에서 우리 또 만납시다."

길 건너 순댓집에서 뒤풀이하고 방금 집에 들어왔네요. 이제 좀 쉬면서 유럽 축구나 보려구요. 마지막 강의에서 소개한 탄실 김명순(1896~1951년)의 시 올려요.

조선아 내가 너를 영결(永訣)할 때
개천가에 고꾸라졌던지 들에 피 뽑았던지
죽은 시체에게라도 더 학대해다오.

그래도 부족하거든

이다음에 나 같은 사람이 나더라도

할 수만 있는 대로 또 학대해보아라.

그러면 서로 미워하는 우리는 영영 작별된다.

이 사나운 곳아 사나운 곳아.

　─「유언」

_2018. 04. 24

노벨

노벨 문학상이 아예 없어지면 좋겠어요.
문학이라는 거룩한 이름을 앞세운 책 장사.

_2018. 05. 06

침대

더페이머스램에서 호젓한 아침.

오늘 오후에 올 반가운 손님을 기다리며. 저 카페에서 혼자 아침 먹는 거 좋아해요. 그 맛에 여행 가죠. 일주일 넘게 열나게 인터넷 검색해 슈퍼 싱글 서랍 달린 침대와 스프링 매트리스 주문했는데, 오늘 오후에 배송 와요. 냄새만 안 나면 좋겠어요. 내 집에 창문이 한쪽에만 달려 환기가 잘 안 되거든요. 한 달에 한두 번 어머니가 오시면 쓸 침대입니다.

새 침대 놓을 자리 만드느라고 책상으로 쓰던 식탁도 없애고, 친구들을 초대해 '책 버리기 파티' 해서 오래된 책들 다 나눠주었습니다. 노트북은 경대 위에 화장품 한쪽으로 치우고 놓았어요. 노트북은 서랍장 위에 놓고 서서 타이핑 해도 되고. 시 쓰는 데 책상이 꼭 필요한가요?

저는 무인양행에서 나온 소나무 싱글 침대 6년째 잘 쓰고 있지요. 가로가 1미터, 좁아서 자다가 꿈꾸다 떨어질까 걱정되긴 하죠. 하하, 하지만 아직까지 침대에서 떨어진 적은 한 번도 없어요. 떨어질 뻔한 적은 있지요.

_2018. 06. 08

성평등상

제가 서울시에서 주는 성평등상 대상을 받았습니다. 원래 금요일 오후에 예정된 행사였으나 앞당겨서 오늘 오후 3시에 시상식 있었고, 시상식 전에 기자 간담회 했습니다.

용기를 내어 자신의 아픈 목소리를 세상에 전한 여성들에게, 그리고 그들의 목소리에 귀 기울이고 공감해 주신 모든 분들께 감사드립니다. 기자분들이 앞으로 미투의 진행 방향에 대해 묻길래 이렇게 말했습니다.

"여성성을 팔지 않아도 생존할 수 있는 사회가 되면 좋겠습니다."

_ 2018. 07. 03

노회찬

그는 대중들이 알아들을 수 있는 언어로 진보의 이념을 말했던, 드문 정치인이었다. 나는 노 의원과 개인적인 친분은 없었지만, 멀리서 그의 말을 듣고 감탄하곤 했다. 그가 죽었다. 믿어지지 않는다.

오늘 서울여성플라자에서 '알파걸 리더십 캠프' 강의 마치고 쉬는 중, 몇 달 전 신촌에서 우연히 마주친 그의 얼굴이 떠오른다. 정의당 야외 집회를 구경하다 노 의원을 발견하고 다가가 인사하자 머쓱해하던 그의 모습이……

_2018. 07. 23

소송

오늘 법원으로부터 손해 배상 청구 소장을 받았습니다. 원고는 고은태(고은 시인)이고, 피고는 동아일보사와 기자, 그리고 최영미, 박진성 시인입니다. 누군가로부터 소송당하는 건 처음입니다. 원고 고은태의 소송 대리인으로 꽤 유명한 법무 법인 이름이 적혀 있네요. 싸움이 시작되었으니, 밥부터 먹어야겠네요.

_2018. 07. 25

벌레들

재판을 준비하며 옛날이 떠올랐다. 문단에 나오기 전에 이미 나는 여러 번 성추행을 당했다.

중학교 운동장에서, 밝은 대낮이었다. 시작 종이 울려 교실로 들어가려는데 뒤에서 누가 나를 힘껏 안았다가, 바로 몸을 뺐다. 뒤를 돌아보니 남자 선생 A가 입에 미소를 띤 채 유유히 아무 일 없다는 듯이 내 옆을 스쳐 지나갔다. 그가 범인임을 알았지만 나는 아무 말도 할 수 없었다. 중학교를 졸업할 때까지 나는 누구에게도 그 일을 말하지 않았다. 그가 내게 한 짓이 성추행이라는 생각도 못 했다. 그날 이후 내가 크게 달라지지도 않았다. 다만 그 벌건 대낮의 운동장에서 내게 일어난 일이 다시 일어나게 하고 싶지 않아서 그를 피해 다녔다.

그리고 대학생이 되었다. 옷맵시나 신경 쓰는 골빈 여학생이 어떻게 운동권이 되었는지는 장편소설 『청동정원』에서 상세히 썼다. 비장한 눈빛의 선배들이 끌려가는 장면을 눈앞에서 보고, 그들이 뿌린 유인물에서 '광주'를 읽고 나는 부끄러웠다. 그 부끄러움에서 벗어나고자 몇 달 뒤 나는 돌을 들었다.

그날은 종로 일대에서 대규모 시위가 있었다. 자정 무렵까지 내가 속한 서클(대학의 동아리)의 친구들과 스크럼을 짜고 구호를 외치며 거리를 행진하다 도망치다를 반복하다, 남자 동기인 Y의 집에 몰려갔다. 얼마 전에 다리를 다쳐 목발을 짚은 Y는 시위에 나오지도 않았는데, 기꺼이 우리에게 자기 방을 내주었다. 피곤한 우리는 씻지도 않고 쓰러져 잤다.

벌레가 기어가는 느낌에 깨어나 보니, Y가 내 몸을 더듬고 있었다. 브래지어 끈이 끌러지려는데…… 놀라서 소리도 지르지 못하고, 징그러운 손을 내게서 떼어놓고 옆으로 돌아누웠다. 지렁이 같은 손이 또 내 옷 속을 파고들려 하자, 벌떡 일어나 앉았다. 벽에 기대 앉아 뜬눈으로 밤을 새 웠다. '어서 날이 밝아 버스를 타고 집에 가야지. 어서 여기 를 벗어나야지.' 그 생각밖에 없었다.

집에 돌아와 몸을 씻으러 공중 목욕탕에 갔다. 지렁이 같은 손에 의해 '더러워진' 내 몸을 나는 견딜 수가 없었다. 빳빳한 목욕 수건에 비누를 묻혀 '더렵혀진' 몸을 빡빡 문 질러댔다. 흐르는 물에 두 번 세 번 씻었지만, 치욕이 씻기 지 않았다. 한 시간 넘게 목욕탕에 앉아 나오지도 않는 때 를 미느라 땀을 흘렸던, 스물두 살 무렵의 가을날이었다.

여자인 내 몸에, 내 속살에 처음 손을 댄 남자가 내가 전혀 좋아하지도 않는 Y였다는 사실이, 지금 나는 아프 다. 시퍼렇게 젊은 그때는 아픔보다 상실감과 수치심이 앞 섰다. 괴로운 속을 같은 서클의 여자 친구에게 털어놓았다. 내 이야길 듣더니 그녀가 말했다.
"너도 그랬니? 나도 걔한테 당했어."
"아주 상습범이네."
욕했지만, 우리는 그를 공개적으로 비판하지 않았다. 당

214

시 분위기가 그랬다. 운동권만 아니라 한국 사회 전체가 성범죄를 용인했다. 그의 추행을 고발하면 저들에게 이용당할 테니 참았지만, 그날 이후 서클 룸에 가기 싫어졌다. 며칠 뒤 학생 식당에서 보자는 Y의 전갈이 학과 사무실의 칠판에 적혔다.

"미안하다."

눈을 내리깔고 사과하는 그와 오래 앉아 있고 싶지 않아 '없던 일로 하자' 했지만, 수업에 집중할 수 없었다. 학과 공부에도 서클 활동에도 정을 붙이지 못하고 나는 방황했다.

캄캄한 새벽에 혼자 지리산 노고단을 올라가는 미친 짓으로도 답을 얻지 못했다. 운동을 계속할지, 여기서 그만둘지. 어떻게 무엇을 해야 할지⋯⋯. 내가 다시 가고 싶지 않은 그 시절을 글로 불러오는 것은, 80년대가 여성들에게 어떤 희생을 강요했는지 말하고 싶어서다.

지금은 유명한 정치인이나 국회의원이나 법조인이 되어 우리 사회의 지도층으로 성장한 그들, 명망 높은 남성 활동가들에 가려진 여성들의 고단하며 위태위태했던 일상. 우리는 그들을 먹이고 재워주고 숨겨주었다. 선배, 동지, 남편이라는 이름의 그들에게 유린당하고 짓밟히면서도 여성들은 침묵했다. 침묵을 강요당했다. 대의를 위해서. 민주주의? 자유? 평등? 혁명? 내 앞에서 지금 그런 거룩한 단어들을 내뱉지 마시길……

운동권 여성이라면 (그녀는 여학생일 수도 여성 노동자일 수도 있다) 누구나 성추행의 위험에 노출되어 있었다. 80년대의 합숙 문화가 문제의 근원이었다. 젊은 남녀가 한방에서 자니 사고가 생길 수밖에. 돈을 아낀다고 한방에 몰아 잤지만, 때론 인원이 많아 방을 두 개 잡으면서도 남녀가 한방에 섞여 잤다. 왜 그랬을까. 그게 남녀평등이라고 믿었던가. 농활(농촌 봉사 활동)을 갈 때만 남녀를 분리해 다른 방에서 잤다.

내가 올린 글을 읽으며, 80년대 민주화 운동권의 남자들을 싸잡아 비난하지 않기 바란다. 여성을 동등한 인격체로 존중했던 남성들도 많았다. 여자들에게 씻을 수 없는 상처를 남긴 괴물은 소수였는지도 모른다. 그리고 내가 운이 없어서, 그런 괴물들에게 당했는지도…….

_2018. 08. 11

끝내 이기리라

문단 내 성폭력 피해자가 나 혼자가 아닌데, 내가 왜 총대를 메게 되었을까. 왜 미투가 나의 운명이 되었을까. 생각해 보면 떠오르는 장면이 있다.

1987년 6월 항쟁 이후 나는 민주화 운동권의 독자적인 세력화를 꾀하는 어느 단체에서 자원봉사자로 일했었다. 내 생애 그토록 바쁜 적이 없었다. 캄캄한 새벽에 일어나 2인 1조로 구로 공단과 가리봉을 돌며 피—세일(paper sail, 유인물 뿌리기)하고, 벽보를 붙이고 풀 묻은 손으로 함께 국밥을 떠먹은 뒤, 사무실로 출근하거나 각자 맡은 일을 하러 흩어졌다.

그해 겨울은 무척 추웠다. 동지들과 명동 한복판에 서서 천 원짜리 민주 볼펜을 팔며 추위에 발을 동동 구르면서도 모금함에 쌓이는 지폐를 보며 행복했었다. "민주주의 볼펜 사세요!" 그렇게 모은 돈으론 시위 용품을 구입하기에도 부족했지만, 정세 분석이나 토론을 하며 머리만 굴리는 일보단 육체를 움직이는 바깥 일이 나는 좋았다.

저녁이면 서울의 어느 단독 주택, 큰 방에 모여 언제 끝날지 모르는 회의를 하다 켜켜이 누워 자곤 했다. 때론 한방에 이십 명 가까이 누워 발 뻗을 공간도 부족했다. 대학 시절에 서클 동기로부터 성추행을 당한 뒤 남자들과 같이 자는 모임을 꺼렸지만, 대통령 선거를 앞두고 합숙을 피할 수는 없었다.

거의 날마다 회의가 있었다. 자정 무렵에 회의가 끝나고 다음 날 새벽에 벽보를 붙여야 하니, 밤늦게 택시 타고 귀가해 대문을 따고 들어가 동트기 전에 나오느니 합숙이 편했다.

한방에 모여 새우잠을 자던 어느 날, K로부터 성추행을 당했다. 그 일이 있은 뒤 내게 사과하기는커녕 뻔뻔하게도 나만 보면 징그럽게 웃는 그를 마주치기가 역겨웠다. 같이 일하던 선배 언니에게 K의 추행 사실을 알렸을 때, 그녀는 내게 말했다.

"운동을 계속하려면 이보다 더한 일도 참아야 돼."

그 순간 나는 알았다. 선배 언니도 나와 비슷한 경험을 했다는 걸. 내가 믿고 따르던 선배 언니로부터 예상치 못한 충고를 들었을 때, K의 손이 내 검정색 터틀넥을 파고들었을 때 못지않은 충격을 받았다.

대통령 선거가 노태우의 승리로 끝나고, 민중의 당 준비위가 뜨고 얼마 지나지 않아 나는 조직을 떠났다. 운동을 그만둔 뒤에 홀로서기는 만만치 않았다. 어느새 서른에 가까운 여자를 신입 사원으로 받아주는 곳은 드물었다.

사회 변방을 떠돌다 어찌어찌하여 시를 써서 등단하게 되었다. 문학과 문인들에 대해 내가 품었던 환상이 깨지고 실망과 환멸의 나날들. 문인 모임에 나갈 때마다 불쾌한 일을 겪었다. 술만 먹으면 개가 되는 인간들 앞에서 처음엔 발끈했던 나도, 시간이 지나자 가벼운 성희롱에 익숙해졌다.

'글을 써서 먹고살려면 이보다 더한 일도 참아야지.'

그러나 내가 원하지 않는 신체 접촉은 참을 수 없었다. 잊을 수도 없었다.

문단 미투는 내가 시작한 게 아니다. 2016년 문예 창작을 가르치던 P 시인의 성폭행을 고발한 고양예고 여학생들. 그 눈부신 용기에 자극받아 2017년 5월 문단 내 성폭력을 기록한 『참고문헌 없음』이 간행되었고, 그해 12월 나의 「괴물」이 세상에 나왔다.

어린 소녀들의 당당한 목소리를 기억하며, 너무 일찍 세상의 추악함을 알게 된 그녀들의 슬픔과 분노를 헤아리며, 나는 이 재판에 걸린 역사의 무게를 온몸으로 느낀다.

문인협회 작가회의······. 누가 당신들에게 침묵할 자유를 주었나? 저 단단한 침묵의 벽을 깨뜨린 십 대의 소녀들에 의해 시작된 혁명의 끝을 보고 싶다. 더 잃을 것도 두려

위할 것도 없는 내가, 피기도 전에 시들었던 내 청춘이 그녀들의 그것과 닮아 있음을 깨달으며 흐르는 눈물. 그 투명한 슬픔의 힘으로 맞서 끝내 이기리라.

_2018. 08. 15

답변서

금요일에 법원에 답변서 제출했습니다.

8월 31일이 첫 변론 기일인데, 원고인 고은태의 소송 대리인이 변론 기일 변경 신청을 했네요. 충분히 준비하고 소송을 제기했을 텐데, 무슨 영문인지. 그쪽 변호사가 다섯 명인데 시간이 되는 사람이 한 명도 없나요? 암튼, 저희는 변경에 동의하지 않았고, 재판부의 변경 여부 결정에 따르기로 했습니다. 첫 변론일을 미뤄달라니. 무언가 부족하다는 판단을 했나 보네요.

그리고 손해 배상 청구 소장 살펴보니 원고의 주소가 "수원시 장안구……"라고 잘못 적혀 있네요. 2월 22일《연합뉴스》를 보면, 수원시에서 2013년부터 무상 제공한 위

주소의 주택을 고은 시인이 떠나겠다고 발표했고, 6월 12일에 퇴거했다는 보도가 나왔어요. 이사 갔는데 새 주소를 알리고 싶지 않아 옛날 주소 기재한 것 같습니다. 원고의 정확한 주소를 적으라고 재판부에 요청해야겠어요. 법원에 내는 소장에 틀린 주소 적으면 안 되지요.

고은태의 소송 대리인이 유명한 인권 변호사들이라고 주위에서 난리인데, 저는 그쪽 변호사가 누구이든 상관없습니다. 제 변호사들이 인간적으로나 실력으로나 더 훌륭한 분들입니다. 누가 인간의 권리를 옹호하는 진짜 '인권 변호사'인지는 재판 과정이 말해 주겠지요. 민변 전체가 달려들어도 이길 자신 있습니다. 진실이 우리 편이니까요. 천 개의 입으로도 진실을 막을 수는 없습니다.

힘내라는 메시지 많이 받았습니다.
그런데 저, 지금 너무 힘이 솟아 걱정입니다. 전투 의지가 펄펄 끓어서 식히는 중입니다. 혹 냉정심을 잃어 실수할까 봐.

_ 2018. 08. 22

224

속기사 사무실

소장 받고 한 달. 여태 잠 쿨쿨 잘 자다가, 어째 어제는 잘 못 잤네요. 기자회견 마치고 긴장이 풀려서 더 잠이 잘 올 줄 알았는데. 더운데 너무 많이 걸어서인가?

변호사회관에서 인터뷰 마치고 서초역에서 전철 타고 시청역까지 가서 시계 보니 3시 30분. 속기사와 약속한 시간이 4시인데 시간이 남아서, 근처 카페에 좀 앉아 있다가 녹취록 받으러 엘리베이터 없는 건물 4층까지 올라갔더니 문이 잠겨 있네요! 4시 되려면 5분 남았는데 마음이 급해 너무 빨리 온 거죠. 계단에 종이 깔고 앉아 땀 식히며 십 분쯤 지나니 누군가 계단을 빨리 올라오는 소리가 들리네요. 속기사 아저씨 드디어 등장!

완성된 속기록 보고 한두 군데 고치고 돈 주고 4층 계단 내려와, 시청역에서 전철을 타자니 내 무릎을 너무 혹사하는 것 같아서 버스 타고 신촌에서 내려서 다시 마을버스 갈아타고 집에 왔습니다. 콩국수로 바빴던 하루를 마감했어요. 역시 고소한 콩 국물. 재판 이기면 얼마나 고소할까.

_ 2018.08.24

더욱 집중해야 할 때

서울의 어느 대학 국문과에서 '창작의 세계' 시간 강의하기로 되어 있었는데, 개강 일주일여 앞두고 강의가 취소되었다는 연락 받았습니다.

저처럼 박사 학위가 없는 사람은 강의 경력이 3년 이상이어야 하는데, 3학기가 모자라 자격 미달이란 거예요. 그러면 진즉에 얘기해 주지. 봄에 강의 요청 받고 강의 계획서도 보냈는데. 처음 강사 경력을 메일로 보낸 날이 7월 10일, 한 달도 더 됐네요.

고은 손해배상청구 공동대응 기자 회견한 다음 날에 강의가 취소됐어요. 타이밍이 석연치 않아요. 미투 때문인가? 항의했더니 규정상 어쩔 수 없다고.

시 창작 가르치는 데 박사 학위가 왜 필요하지요? 화를 삭이고 소송에 집중해, 더 열심히 증거 자료 모으렵니다.

_ 2018. 08. 27

내 노래

〈보헤미안 랩소디〉, 영화 보는 내내 울었어요.
내 노래 같았어요.

Nothing really matters to me.
We will keep on fighting till the end.
The show must go on……

그래 무슨 상관이란 말인가.
끝까지 싸울 거야.
쇼는 계속되어야 하리.

_2018. 11. 15

1심 승소

원고 고은태의 손해 배상 청구를 기각한다는 판결이 나왔습니다. 제가, 우리가 이겼습니다! 이 땅에 정의가 살아 있다는 것을 보여준 재판부에 감사드립니다.

저는 진실을 말한 대가로 소송에 휘말렸습니다. 다시는 저와 같은 피해자가 나오지 않으면 좋겠습니다. 성추행 가해자가 피해자를 뻔뻔스레 고소하는, 사회 분위기를 만들면 안 됩니다.

진실을 은폐하는 데 앞장선 사람들은 반성하기 바랍니다.

저보다 더 많은 것을 알고 있는 문단의 원로들이 도와주지 않아서, 힘든 싸움이었습니다. 용기를 내어 제보해 준 사람들, 진술서를 쓰고 증거 자료를 모아 전달해 준 분들의 도움이 컸습니다.

여러분의 관심과 지지가 없었다면 견디기 힘든 시간이었습니다. 미투시민행동을 비롯한 여성 단체들, 그리고 사명감과 열정이 넘치는 훌륭한 변호사님들을 만난 행운에 감사드립니다.

저를 믿고 흔쾌히 사건을 맡은 여성변호사회의 조현욱 회장님, 준비 서면을 쓰느라 고생하신 차미경 변호사, 안서연 변호사, 장윤미 변호사, 서혜진 변호사님. 참 수고 많으셨습니다.

_2019. 02. 15

억 억

나는 국토교통부 장관 후보자의 임명에 반대한다. 뉴스를 보며 장관 후보자들의 억 억 소리에 억장이 무너졌다. 어떻게 그들은 그렇게 쉽게 돈을 버나.

부동산 투기를 잡아야 할 장관이 부동산 투기와 온갖 꼼수의 달인이라면, 웃기는 대한민국이지. 그런 자가 무주택에 월세를 전전하는 서민들의 고통과 좌절을 이해할 수 있을까. 물론 그는 잘 이해할 것이다. 어떻게 하면 합법적으로 세금을 피하고 투기 아닌 투기로 재산을 불릴 수 있는지.

_2019. 03. 16

먼지처럼

먼지처럼 쉽게 연대하고,

쉽게 싸우고, 쉽게 이깁시다!

_ 2019. 03. 09

우연한 그림

  박은영의 『우연한 그림』. 그녀를 닮은 듯, 닮지 않은 글을 읽으며 오랜만에 독서 자세로 앉아 있다. 삼십여 년 미술과 미술사를 연구한 그녀가 너무 오래 뜸 들여 펴낸 첫 책. 내가 아는 박은영 언니는 참 곧고 착하고 성실한 사람이다. 내가 모르는 박은영 언니는 어떤 사람일까. 글 속에, 그림 속에 숨은 의미를 찾으려 우연한 독서에 열중하다, 뒤에 여행 편을 읽다 문득 이탈리아에 다시 가고 싶어…… 피렌체, 로마……. 요양병원에 누운 어미를 두고 내가 먼 길을 떠날 수 있을까.

_ 2019. 03. 31

출판사 등록!

변호사와 맛있는 점심 먹고, 마포구청에 가서 출판사 등록 신청했다! 이미 출판사(Imi books). 종업원 1명. 이름과 주소를 쓰고 신청서를 채우는 데 5분도 걸리지 않았다. 이렇게 간단할 수가……. 이렇게 쉬운데 그리 오래 고민했나. 10년 전부터 1인 출판 생각이 내 머리를 들락날락, 일을 저지르려 미술책을 출판하는 은영 언니를 붙잡고 전화질하다 복잡한 과정에 골치가 아파 포기했었다.

합정역에 내려서 마포구청 가는 버스를 타려고 길을 건너다, 발목을 접질렸다. 드디어 오늘 출판사 등록을 한다는 생각에, 너무 흥분한 나머지 다리를 삐었으니. 아하, 세상에 공짜 없지.

이제 이틀 뒤면 출판사 등록증이 나오고 나는 출판사 대표가 된다. 드디어 나도 직업인이 되었네. 이제 어디 여행 가도 호텔 체크인하며 숙박부에 출판업자, 라고 쓸 수 있겠네. 직업란에 시인이라고 썼더니 날 수상한 눈으로 보며 "너 진짜 직업이 뭐니?"라고 물어본 유럽의 어느 호텔 직원도 있었다. 언제부턴가 나는 직업란에 시인이라고 쓰기 창피해, 작가라고 업그레이드하며 왠지 모를 불편함을 삼켜야 했다. 시인보다 출판사 사장이 훨씬 낫지. 더 대접받지 아무렴.

_2019. 04. 01

사진

시집 만드는 디자이너가, 프로필 사진 달라고 해서, 여러 번 써먹은 옛날 사진 주려는데, 안 된다고 새로 찍으시라고 해서 정말 귀찮아 죽겠는데……. (저 사진 찍는 것도, 찍히는 것도 싫어요!)

누구에게 부탁하나? 고민하다 바쁘디바쁜 사촌 동생 정우 호출하여, 홍대 운동장으로 출동! 물론 귀찮아도 화장은 약간 했죠. 흰 머리를 좀 어떻게 하라는 동생의 충고에 난감. (포토샵으로 새치 안 보이게 했대요.)

저, 이제껏 살면서 머리 염색한 적 한 번도 없어요. 귀찮아서, 미용실 가기 싫어서, 파마 약 냄새 맡기 싫어서, 돈 아까워서, 안 늙어 보이려 애쓰는 거 싫어서, 나 자신을 속

이고 싶지 않아서……. 이유야 많지요.

언젠가 공항에서 기다리다 시간이 너무 많이 남아, 호기심에 딱 한 번, 공항 구내 미용실에서 '브릿지'라는 거 해봤어요. 앞머리 몇 가닥만 갈색으로 물들이고 엄청 후회!

실은 팔십 넘어서도 머리가 검은 울 엄마 닮아서, 제 머리가 새치는 좀 있지만 힐끗 보면? 괜찮아요.

재판하면서 흰 머리 늘어났어요.

암튼 이게 요즘 제 모습이라고 카메라가 말하네요.

_2019. 06. 05

새 시집

드디어 시집이 나왔습니다. 근데 아직 전 구경 못 했어요. 오전에 인쇄소에서 전화받았는데, 오후에 항소심 조정일이라 부재중이니 택배도 내일 오라고 하고…… 제가 지금 할 말이 많은데, 다 할 수 없어 답답합니다. 이렇게까지 고생해서 낸 책은 처음, 그 이유는 나중에…….

여러분의 뜻을 받들어 제목을 '헛되이 벽을 때린 손바닥'으로 하려다, 그럼 최영미의 모든 노력이 '헛되어'질지 모른다고, 추천사 써주신 문정희 선생님이 말려서 결국 무난하게 『다시 오지 않는 것들』로 결정. 표지도 더 강렬한 것 포기하고 무난하게…… 휘슬러 그림으로……. 이번 시집의 콘셉트는 무난하게입니다. 소송 중이라 재판에 영향

줄까 봐 조심조심했습니다.

제가 설립한 이미 출판사는 신생 출판사라 영업 잘 못해
요. 책은 현재 거의 모든 온라인 서점들에서 주문 가능합
니다.

_ 2019. 06. 18

너는 이날을 기억할 거야

코엑스 사인회 무사히 마쳤습니다. 편집자들과 제가 직접 들고 간 신작 시집 『다시 오지 않는 것들』 50부가 삼십 분 만에 동나고, 동생이 따로 싣고 온 20부도 거의 다 소진되어 편집자가 급히 근처의 영풍과 강남교보에 전화했는데, 제 시집이 없다네요.

행사 도와준 여러분에게 두루두루 감사드리며⋯⋯. 자리를 빌려준 사회평론사에 빚을 졌는데 어이 갚아야 하나요.

30년 만에 만난 작은 어머니. 곱게 늙으신 모습을 처음엔 못 알아보고 누구시더라? 아이쿠 죄송했습니다.

그냥 지나다 보고 온 분들도 있지만 페북을 통해 알고

오신 분들도 많더라구요. 같이 온 중학생(?) 딸에게 "너는 이날을 기억하게 될 거야"라고 말하는 젊은 엄마를 보며 저 감동 먹어 눈시울 뜨거워졌어요. 힘들더라도 내가 더 버티어야겠구나…….

이제 화요일의 기자 간담회만 마치면 (책 홍보를 위해) 제가 할 일은 거의 다 끝나요. 나머지는 운명에 맡겨야지요. 행사 마치고 광활한 지하 도시 같은 코엑스 밑을 헤매느라 문정희 선생님께 시집을 드리지도 못하고, 간신히 출구 찾아 아수라를 빠져나왔습니다. 편집 교정을 본 친구들과 집 근처의 술집에서 수제 맥주에 맛있는 식사 하고 (뜻밖에 맛집이었음!) 귀가. 화장 지우고 누우니 완전 방전! 이 나이에 새로운 일을 시작했으니 무모한 시인이여.

_2019. 06. 23

변신

아침부터 정신없네요. 오늘 시집 주문 657부 들어왔어요. 재고가 바닥나 내일 2쇄 들어가야 할 것 같아요. 배본사 프로그램으로 발주를 제가 혼자 못 하다가 (구제 불능의 기계치가 출판사 대표가 돼서 엄청 변신 중임) 오늘은 드디어 프로그램 기사 도움 없이 혼자 거래 명세표 작성에 성공했어요!

나날이 익숙해지겠죠. 제 시집이 알라딘에서 시 부문 베스트 1위라고 하네요. 6년 동안 시집 안 내서 독자들이 기다렸나 봐요. 이제야 팩스가 조용해지고, 엄마 도시락 요양병원에 갖다주러 나갑니다.

_ 2019. 06. 26

위로

위로받고 싶을 때만

누군가를 찾아가,

위로하는 척했다

―「예정에 없던 음주」 전문

전철 안에서 (저의 소송 대리인) 조현욱 여성변호사회 회
장님으로부터 받은 메시지.

"영혼의 수고와 아름다운 반짝임이 깃든 시집, 고맙게
잘 받았습니다."

이런 멋진 평 읽으면 피로가 한 방에 날아가지요.

_2019. 06. 27

계산서 발행

밤새 숫자들과 씨름했어요. 1인 출판사의 마지막 관문, 계산서 발행해야 되거든요. 사업자 등록 번호 열 번쯤 입력하다 지쳤어요. 오늘 총판에 책 보냈습니다. 참 반복을 지겨워하던 시인이 제대로 고생하네요. 작성 일자 잘못 써서 다시 수정 계산서 발급하고, 침침한 눈으로 새벽까지……. 아침에 인터넷 서점들 재무 팀에 다 전화했더니 제대로 계산서 발행했대요! 감격스러워요.

제가 원래 숫자에 약해서, 어제 마포세무서에서 원천세 신고할 때 0이 몇 개인지 헷갈려 직원이 고쳐주었어요. 드디어 그 어려운 원천세 신고했다! 흥분해 주민증 빠트리고 나오다 직원이 전화해 찾으러 갔답니다.

3쇄 입고되자마자 오늘 650부 출고! 알라딘 주간 종합 9위. 광고 1도 안 했는데, 영업은 포기하고 사인회 두 번이 전부인데…… 감사할 일이지요. 지난 10년간 다른 출판사에서 제 신작 시집 낼 때 보통 5천~1만 부 나갔어요. 저도 그만큼은 하고 싶었고, (아니면 무능한 출판사 대표인 거죠) 2주 만에 소원 성취했네요.

　_2019. 07. 03

사업자

"이 시집은 한국 문학사에 남아야 할 책이고, 이게 바로 우리 시대의 문학 그 자체임."

『다시 오지 않는 것들』을 읽은 누군가가 트위터에 올린 글이라고 친구가 보내줬는데, 제가 트윗을 안 해 감사의 표시를 못 했네요. 출간 2주 지나 이제야 좀 짬이 나네요.

사업자라니. 저와 어울리지 않는 말이지요. 어쩔 수 없는 선택이었지만, 이왕이면 제대로 하고 싶었어요.

시인으로서 대강 대충 살아왔지만, 비즈니스 세계에서 대강 대충은 통하지 않는다는 걸 첫날부터 깨달았습니다. 이 살벌한 정글에서 살아남기 위해 남들이 하는 건 저도 흉내라도 내보려구요.

_2019. 07. 04

손 편지

익명의 독자에게 받은 손 편지가 마음에 오래 남네요.
한때 시인을 꿈꿨으나 가르침을 받던 선생에게 성추행을
당했고 그 후 평범한 회사원으로 산다는, 그녀 생각하며
시집『다시 오지 않는 것들』에 실린 「등단 소감」 올려요.

　　내가 정말 시인이 되었단 말인가
　　아무도 읽어주지 않아도
　　멀쩡한 종이를 더럽혀야 하는
　　…….

　　내가 정말 여, 여류시인이 되었단 말인가
　　술만 들면 개가 되는 인간들 앞에서

밥이 되었다, 꽃이 되었다

고, 고급 거시기라도 되었단 말인가

　1993년 민족문학작가회의 회보에 기고한 「등단 소감」의 첫머리에 등장하는 시인데, 이런저런 이유로 시집에 넣지 못하다가, 2000년에 에세이집 『우연히 내 일기를 엿보게 될 사람에게』(사회평론, 초판본)를 출간하며 출처를 밝히고 원문을 수록. 26년 전에 쓴 시를 이제야 (산문집이 아니라) 시집에 수록했네요!

　_2019. 07. 25

내버려둬

시인을 그냥 내버려둬
혼자 울게 내버려둬

가난이 지겹다 투덜거려도
달을 쳐다보며 낭만이나 먹고살게 내버려둬
무슨무슨 보험에 들라고 귀찮게 하지 말고
건강검진 왜 안 하냐고 잔소리하지 말고
누구누구에게 잘 보이라고 훈계일랑 말고
저 혼자 잘난 맛에 까칠해지게 내버려둬
사교의 테이블에 앉혀 억지로 박수치게 하지 말고
편리한 앱을 깔아주겠다,
대출이자가 싸니 어서 집 사라,

헛되이 부추기지 말고

집 없이 떠돌아다니게 내버려둬

헤매다 길가에 고꾸라지게

제발 그냥 내버려둬

―「내버려둬」 전문, 시집 『다시 오지 않는 것들』에서

제가 저를 내버려두지 않으려고, 출판사 차리고 시집 낸 겁니다. 세상을 원망하며 눈을 감지 않으려고…….

요양병원에 누운 엄마 간병만 아니면 서울 떠나 멀리 갈 텐데, 동생들이 다 서울 살아, 나 혼자 멀리 갈 수도 없고.

_2019. 08. 29

도서관 마을

무슨 도서관 건물이 이렇게 멋있어요? 은평구 구산동 도서관마을에 '세계의 명시' 강의하러 갔다가 깜짝 놀랐어요. 여기서 일하는 분들 부러워요. 전철역에 내려서 헤매느라 좀 피곤했지만 제가 좋아하는 시 이야기하다 보니 에너지가 다시 충전. 길가메시, 사포, 오마르 하이얌까지 두 시간 강의 마치고 일어서려는데 제 시집 들고 와 사인해 달라는 분들 보고 감동. 강의를 들은 어떤 여성분이 저를 다음 목적지까지 태워주셨는데, 이름도 못 물어봤네요.

어제도 좋은 분들 많이 만나 행복했습니다. 저녁에 낭독회 마치고 여럿이 분식집에 몰려가 국수 먹었는데, 누군가 이미 계산을 해 감사. 제게 스카프를 보내겠다고 주소 묻던

분에게 제 주소 알려주지 못해서 미안하고《고대문화》편집부에서 온 여학생들 생각나네요.

아침에 일어나《고대문화》맨 뒤에 적힌 편집 후기를 보다, 내 가슴을 친 문장.

"우리는 버티는 것 말고 더 많은 일을 할 수는 없을까."

이런 젊음이 있는 한, 이렇게 고뇌하는 젊음이 있는 한, 우리의 미래는 어둡지만은 않을 겁니다.

_2019. 09. 28

세계 여성의 쉼터 대회

처음엔 스팸인 줄 알고 메일함 안 열었어요. 혹시 하고 봤더니 11월 초 대만의 가오슝에서 열리는 'the 4th World Conference of Women's Shelters(4WCWS)'에서 패널 연사로 초대한다는⋯⋯. 전 세계 120개국에서 1,500명의 활동가들이 모이는데, 저를 추천한 한국 여성의 전화에 감사드립니다.

2016년에 잠깐 오사카 다녀온 뒤 3년 만의 해외 여행. 어머니가 요양병원에 입원한 뒤 저 외국 나간 적 없어요. 처음엔 4박 5일이나 한국을 비우면 어머니는 누가 돌보나? 걱정하느라 비행기 표 컨펌을 못 했어요. 대회 당일에 출발하면 늦을 것 같아 11월 4일 여성의 전화 여러분과 같이 출발하기로 했어요. 잘해야 될 텐데 영어 발음 자신 없네요.

『버자이너 모놀로그』의 작가 이브 엔슬러(Eve Ensler)도 연사로 참여한대요. 주최 측에서 제게 영어로 된 책 있으면 자기들이 전시-판매해 주겠다고 메일이 왔는데, 영어로 번역된 제 시집이 한 권도 없답니다! 이 기회 놓치면 후회할 것 같아, 이미 출판에서 영어 시선집 출판하려고 준비 중임. 제목은 'The Party Was Over'. 여섯 권의 시집에서 30편 정도 추려내려고요.

한국에서 출판하는 영어 책이라 판매엔 한계가 있겠지만, 글로벌 예스24만 믿고 일 저질러요. 예스24에 영어 홈페이지가 있다는 것을 알고 얼마나 기쁘던지.

그동안 제 시와 소설을 영어로 번역 출판할 기회가 여러 번 있었는데 제가 거부했답니다. 지금은 무척 후회스러운데 그 당시에는 다 이유가 있었어요. 한국문학번역원의 지원으로 K 선생이 제 첫 시집 번역해 거의 나올 뻔했는데, 미국의 출판사가 너무 작고 의사소통이 원활하지 않아 제가 거부했어요.

제 소설, 『흉터와 무늬』를 번역하겠다고 연락 온 캐나다의 교포, 젊은 대학생을 생각하면 더 가슴이 아프고 미안해요. 그녀의 나이가 너무 어려서 제 소설을 이해하지 못할 것 같아 번역을 허락하지 않은 저는 바보. 춘천 살 때였는데, 제가 갱년기 우울증 걸려서 사람 만나는 것도 귀찮아하고 어떤 좋은 제의가 와도 다 마다했답니다.

"내가 나를 인정하니까 굳이 인정받으려 애쓸 필요가 없어"라는 건방진 마음으로 고립을 자초했지요.

_2019. 09. 30

이사를 앞두고

참 이상해요. 책을 조금 찍으면 금방 나가고, 많이 찍으면 잘 안 나가요! 8월 말에 발행한 6쇄 1천 부가 열흘 만에 소진되고 추석 전에 주문이 몰려, 덜커덕 7쇄 2천 부 인쇄 발주했어요. 근데 추석 뒤부터 주문이 뜸해요. 아침에 주문 팩스 소리에 잠을 깨던 옛날이 그리워라.

집에 시집 『다시 오지 않는 것들』 30부가량 있는데 며칠 뒤 이사하며 책이 구겨질까 걱정하다, (책 망가지면 상품 가치 떨어져요. 저 장사꾼 다 되었죠?) 오늘 동네 책방 두 곳에 먼저 연락해서 책 사달라고 했어요.

성산동 조은이책에 10부, 연남동 북카페 본주르(옛따 책

방)에 10부, 쇼핑백에 넣어 버스 타고 배달. 방금 집에 들어

왔습니다.

_2019. 10. 09

내 집

며칠 전 고양시로 이사했어요. 일에 파묻혀 살고, 이사 전날 어머니를 고양시의 요양병원으로 모시고, 그리고 이사하고 바로 이틀 뒤에 이미의 두 번째 책이자 저의 첫 영어 시선집 『*The Party Was Over*』 교정지 마감했어요.

이틀 동안 거의 잠을 자지 못했죠. 지금 완전 녹초. 오늘 어마무시한 양의 일을 했지요. 아침에 인쇄소에 1천 부 발주서 보내고, 이사 뒤 첫 주문 배본사에 전달하고, 팩스 고치고 덕양구청과 고양세무서에서 사업자등록증 정정하고 그리고 점심 먹고 어머니 병원에 들러서…… 손톱 깎아드리고 물병이 깨져 새로 사다 놓고 오후에도 여러 가지 일을 처리하고 싱크대 그릇 닦고 욕실 청소. 이제 일 그만하고 일찍 자야겠어요.

번역하신 전승희 선생님 그리고 앨리스 킴(Alice Kim)에게 감사드립니다. 한국에서 출판하는 영어 시집이라…… 큰 욕심 안내고 그냥 출간에 의미를 두려고 해요. 다음 주 목요일에 출고 예정. 영어권에 배본을 어이할지? 막막해요.

아, 하나 빠뜨렸네요.

제 홈페이지가 생겼어요(www.choiyoungmi.com). 사진 작가인 사촌 동생 이정우가 만들어 줬는데, 고맙다 정우야.

_2019. 10. 18

이미

이미 젖은 신발은
다시 젖지 않는다

이미 슬픈 사람은
울지 않는다

이미 가진 자들은
아프지 않다

이미 아픈 몸은
부끄러움을 모른다

이미 뜨거운 것들은

말이 없다

최영미의 영문 시집 『*The Party Was Over*』의 첫머리에 등장하는 시 「이미(*Already*)」입니다. 첫 시로 「이미」를 넣을까? 「과일가게에서」를 넣을까 고민하다, 이미 미국 버클리대 시 낭송회 '런치 포엠(Lunch Poem)'에서 뜨거운 박수를 받은 「과일가게에서」를 버리고 모험을 하기로 했지요. 제 인생의 새로운 출발, 이미 출판사의 이름을 탄생시킨 시, 이미(imi)…… 이미여 영원하라.

덧: 「이미」는 가톨릭 의대 H 교수님을 비롯해 병원에서 살아본 분들이 특히 좋아하는 시. 저도 엄마가 입원한 병실에서 착상했거든요. 너무 아파 부끄러움도 모르고 기저귀 갈라고 몸을 내맡기는 환자들을 보며…….

_2019. 10. 28

또 한 번의 승리

오늘 항소심에서도 승소했습니다! 성추행 가해자가 피해자를 상대로 고소를 하면 건질 게 없다는 것을 보여줘서 통쾌합니다. 사건을 맡은 여성변호사회, 힘을 보태준 여성 단체들, 그동안 응원해 주신 여러분께 감사드립니다.

전 어제 자정 무렵에 대만에서 귀국해 오늘 법정에 시간 맞춰 가느라 막 뛰었어요. 이제 좀 쉬면서 다음 책 준비할게요.

_2019. 11. 08

긴 싸움의 끝

변호사로부터 온 카톡. "어제가 최 시인님 상대로 한 고은의 상고 마감일이었는데 오늘 확인해 보니 상고하지 않았습니다."

대법원까지 가지 않고 끝났다는 안도감. 저는 작은 바퀴 하나를 굴렸을 뿐. 그 바퀴 굴리는 데 저의 온 힘을 쏟았지요.

여성변호사회, 여성 단체들 그리고 여러분의 응원 덕분입니다. 다시금 깊이깊이 감사드립니다. 제가 혼자가 아니라는 걸 깨닫게 해준 소중한 시간이었습니다. 문단에서는 그 흔한 성명서 하나 나오지 않았지요. 할 말 많지만…… 점심 준비해야 해요.

_2019. 12. 05

| 기고문·인용문 수록 지면 |

13쪽   《문학사상》, 2015년 7월호

63쪽   《동아일보》, 2016년 11월 28일

107쪽   정정당당스토리(중앙선거관리위원회 블로그), 2017년 6월 3일

117쪽   《조선일보》, 2016년 6월

174쪽   《책과 삶》, 2015년 6월호

188쪽   에밀리 디킨슨, 「성공의 달콤함을 가장 잘 헤아리지…(*Success is Counted Sweetest*)」, 박혜란 옮김, 『어떤 비스듬 빛 하나』, 파시클, 2017

204쪽   김명순, 「유언」, 공진호 편역, 『슬픔에게 언어를 주자』, 아티초크, 2016

아무도 하지 못한 말

초판 1쇄 2020년 4월 10일

지은이 | 최영미
펴낸이 | 송영석

주간 | 이혜진
기획편집 | 박신애 · 김단비 · 심슬기
외서기획편집 | 정혜경
디자인 | 박윤정
마케팅 | 이종우 · 김유종 · 한승민
관리 | 송우석 · 황규성 · 전지연 · 채경민

펴낸곳 | (株)해냄출판사
등록번호 | 제10-229호
등록일자 | 1988년 5월 11일(설립일자 | 1983년 6월 24일)

04042 서울시 마포구 잔다리로 30 해냄빌딩 5 · 6층
대표전화 | 326-1600 **팩스** | 326-1624
홈페이지 | www.hainaim.com

ISBN 978-89-6574-995-0

파본은 본사나 구입하신 서점에서 교환하여 드립니다.

이 도서의 국립중앙도서관 출판예정도서목록(CIP)은 서지정보유통지원시스템 홈페이지
(http://seoji.nl.go.kr)와 국가자료공동목록시스템(http://www.nl.go.kr/kolisnet)에서 이용
하실 수 있습니다.(CIP제어번호: CIP2020012111)